JN110623

空に響くは竜の歌声

紅蓮の竜は甘《かん》夢《む》にほころぶ

MIKI IIDA
飯田実樹

ILLUSTRATION
HITAKI
ひたき

この物語はフィクションであり、
実際の人物・団体・事件等とは、いっさい関係ありません。

九代目竜王&リューセー

フェイワン

異世界エルマーンの竜王。魂精が欠乏し、幼い姿に若退化したが、龍聖と結ばれて元の姿を取り戻した。龍聖を熱愛し、幸せな家族を作る。黄金竜ジンヨンと命を分け合う。

守屋《もりや》龍聖《りゅうせい》［九代目］

普通の銀行員だったが突然異世界へ召喚され、竜王に命の力・魂精を与えられる唯一の存在だとわかる。フェイワンを愛し、彼の子供を産む。

タンレン

フェイワンの従兄弟で親友。シュレイに長く片思いしていたが、ついに結ばれる。

シュレイ

リューセーの側近。不幸な生まれ育ちでタンレンの愛を拒んでいたが、紆余曲折の末、受け入れる。

ランワン

八代目竜王。フェイワンの父。誠実でひたむきな王。愛する龍聖を失ってからは、自らの命と引き換えに、息子のフェイワンを育てた。

ラウシャン

外務大臣。気難しいが頼りになるロンワン。肉体の成長（老化）が遅い特殊体質で長命。

Family tree

エルマーン王家家系図

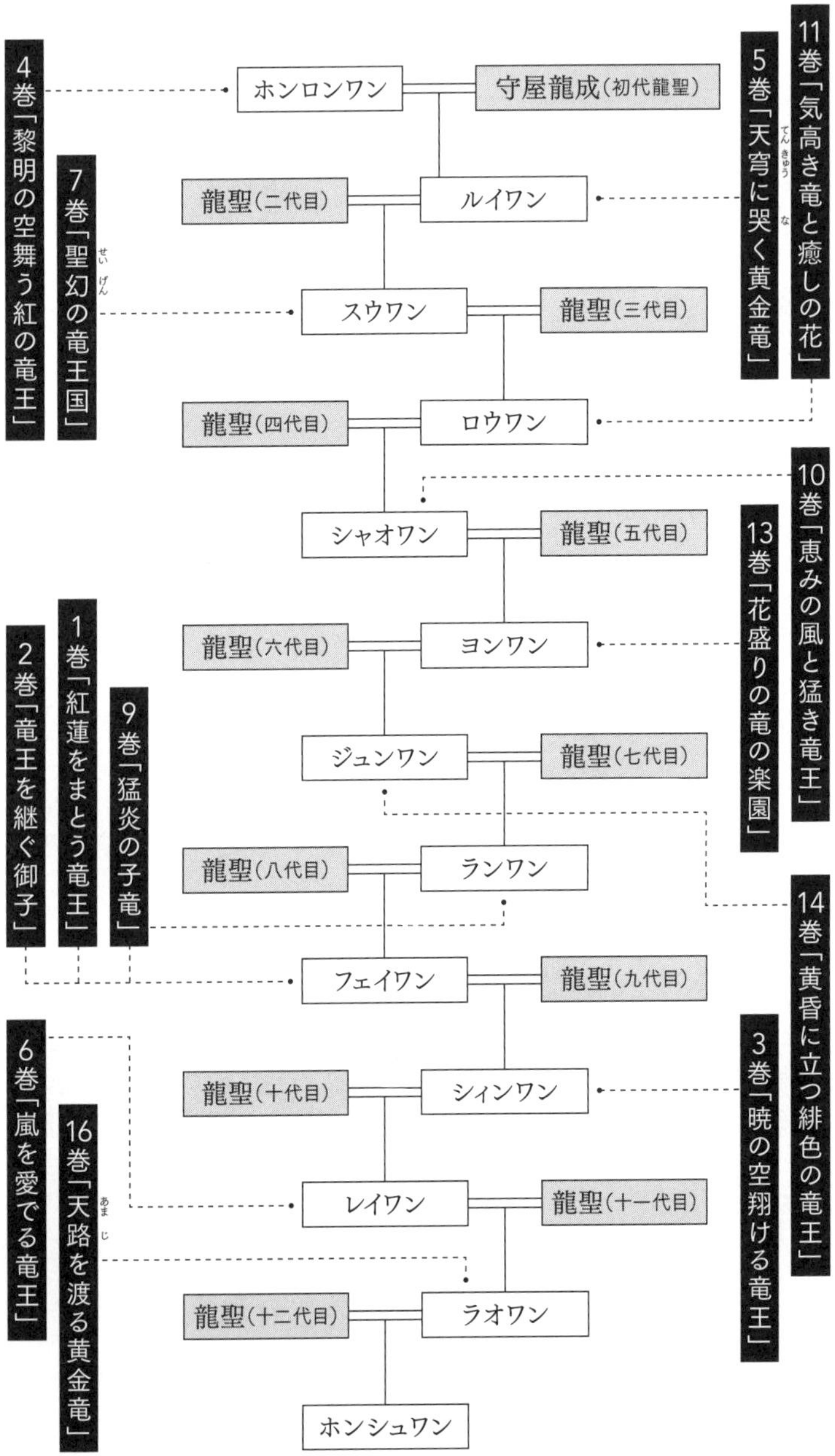

11巻「気高き竜と癒しの花」
5巻「天穹《てんきゅう》に哭《な》く黄金竜」
4巻「黎明の空舞う紅の竜王」
7巻「聖幻《せいげん》の竜王国」
ホンロンワン
守屋龍成（初代龍聖）
龍聖（二代目）
ルイワン
スウワン
龍聖（三代目）
龍聖（四代目）
ロウワン
10巻「恵みの風と猛き竜王」
13巻「花盛りの竜の楽園」
シャオワン
龍聖（五代目）
龍聖（六代目）
ヨンワン
ジュンワン
龍聖（七代目）
2巻「竜王を継ぐ御子」
1巻「紅蓮をまとう竜王」
9巻「猛炎の子竜」
龍聖（八代目）
ランワン
14巻「黄昏に立つ緋色の竜王」
フェイワン
龍聖（九代目）
3巻「暁の空翔ける竜王」
龍聖（十代目）
シィンワン
6巻「嵐を愛でる竜王」
16巻「天路《あまじ》を渡る黄金竜」
レイワン
龍聖（十一代目）
龍聖（十二代目）
ラオワン
ホンシュワン

まだ見ぬ君に

エルマーン王国の城の中庭で、二十人ほどのシーフォン達が剣の稽古をしていた。ほとんどの者がまだ年若く、成人して間もないくらいに見える。だが皆とても真剣に稽古に励んでいた。

剣の交わる音と、勇ましい掛け声があちらこちらから聞こえてくる。

その中でも一際熱心に剣を振るう者がいた。その場にいる者達の中で、一番若い……いや、まだあどけなさの残る成人前の若者だ。周りの者達に比べれば、体も小さく手足も細い。手に持つ剣も細身で、相手の剣に当たり負けしてしまいそうだ。

だが銀色の髪を振り乱して、果敢《かかん》に攻め立てていた。

「やあ！」

掛け声とともに、少しばかり身をかがめて、相手の腰のあたりを狙うように、まっすぐに剣を突き立てる。

「はぁっ！」

相手は瞬時に後方へ退いて、突き立てられた剣を巧みにかわした。返す剣で払い上げると、反撃に出る。素早い動きで、大きく一歩を踏み出して間合いを詰めてきた。

首元近くに迫る相手の剣を、銀の髪の若者は素早く剣を構えて受け止めた。ガジッと鈍《にぶ》い金属が噛み合う音が鳴る。

「シュレイ、そろそろ休憩にしないか？」

タンレンがそう囁いた。息がかかるほどの距離に彼の顔がある。額には汗が浮かび、少しばかり息を乱していた。灰青の瞳が、まっすぐにシュレイを見つめる。優しい色を浮かべたその瞳に、シュレイは思わず赤くなって視線をそらした。

「わ……分かりました」

そう言ってシュレイの肩の力が抜けたのを見て、タンレンも剣を下ろして、ほっと息を吐いた。

「ありがとうございました」

シュレイが頭を下げて丁重に礼を言い、剣を鞘《さや》に収める。その動作のひとつひとつが、とても優美に見えて、タンレンは思わず見入ってしまった。

幼い頃に母を亡くし、先王に保護されて、次期リューセーの側近としての教育を受けてきたシュレイ。だから所作がとても美しい。その辺のシーフォンよりも、ずっと品がある。教養もあり、剣の腕もなかなかのものだ。側近の中の側近……おそらく歴代の側近の中でも、ここまですべてにおいて優れた能力を持つ者はいないだろう。

もっともアルピンである歴代の側近達と違い、シュレイはシーフォンとアルピンの混血だ。出自の問題さえなければ、普通にシーフォンとして生きる道もあっただろう。そう思うとタンレンは不憫《ふびん》で仕方がなかった。

「今日は一段と、剣の稽古に力が入っているね」

タンレンがそう言いながら、右の袖で額の汗を拭《ぬぐ》おうとすると、そっとシュレイが手拭き布を差し出した。

「あ、ありがとう」

タンレンは笑ってそれを受け取り、額の汗を拭った。

「こうしてタンレン様に稽古をつけていただけることは、今後少なくなりそうですから……」

シュレイが伏し目がちにそう言った。言うほど残念そうでもないのが、タンレンには少しばかり癪《しゃく》に障《さわ》ったが、それも仕方がない。シュレイは、タンレンと会えなくなると言っているわけではない。シュレイは本来の仕事のせいで、そういう『稽古』などという悠長なことをやってはいられなくなるのだ。

そしてその仕事とはシュレイにとって、何よりも喜びであり、期待に胸を躍らせるものでもある。シュレイの本来の仕事……そう、リューセーの側近としての仕事だ。間もなくリューセーが降臨する。間もなくと言っても、一年近く先の話にはなるのだろうが、そのためにシュレイが修業してきた二十年以上の月日を考えれば、今から待ち遠しく心を弾ませてしまっても仕方がない。

シュレイは一見、十七、八歳くらいの青年に見えるが、実際には四十歳を超えている。シーフォンは人間の何倍も長命な種族だ。混血であるシュレイも、その影響を受けていて、普通の人間よりもずっと成長が遅かった。

タンレンがシュレイと初めて出会った時は、本当に小さな子供だった。それがこれほどまでに、美しく成長するとは思っていなかった。

側近として、あらゆる教育を徹底的に受けたことで、シュレイの美しさに磨《みが》きがかかったようだ。

「タンレン様、どうぞ」

シュレイから水筒を手渡される。ぼんやりと見惚れてしまっていたタンレンは我に返り、赤くなった頬を誤魔化《ごまか》すように水筒の水を一気に飲んだ。

汗を拭《ふ》く手拭き布や、水筒などを用意して、甲斐甲斐《かいがい》しくタンレンの世話を焼いてくれる。うっかりすれば勘違いしてしまいそうだが、リューセーの側近として教育されているシュレイだ。そのくらいの気遣いは、相手に気遣いと悟らせないくらいに、自然にしているのだろう。タンレンはそれを分かっていながらも、やはり少しばかりは期待してしまうのだ。

「フェイワンはなんだかいつもと変わりない様子だけど、実は緊張しているんじゃないかと思うんだ。君はどうだい？　少しは緊張する？」

「少しどころか……とても緊張しています」

シュレイは額の汗を拭いていた手を止めて、少し強張《こわば》った面持ちでそう答えた。

「そんなに？　何に緊張するんだい？　リューセー様に会うことに？」

「理由は……色々です。タンレン様もご存じの通り、先代のリューセー様のこともありますから、どのようにお迎えすべきか、周囲がとても警戒しています。私に課せられた責任もとても……とても重く感じています」

シュレイは、手に持っている布を、ぎゅっと強く握りしめて言った。視線を落として、何かをじっと考えるように、美しく整った銀色の眉根を寄せた。

「まあ……それはそうだろうけど、君が責任を重く感じることはない。このことについては、我々近臣も竜王とともに考えなければならないことだ。側近だけに負わせるつもりはないし……先代竜王も、決して側近の責任ではないとおっしゃっていた。フェイワンもそれを承知だ。とは言っても、リューセー様のそばに一番長くいるのは側近だし、皆が君に期待をかけるのも仕方がないだろう」

シュレイの銀色の長い睫毛《まつげ》が、小さく震えているのが見えて、タンレンはきゅっと胸が締めつけられた。

「もしも無理難題を押しつける者がいたら、遠慮なくオレに言いなさい。何度でも言うけれど、リューセー様のことを、君が一人で背負い込む必要はないし、むしろそうあってはならない。先代と同じ轍《てつ》を踏まぬためには、皆が協力し合うことが必要だ。シュレイ、いいね、これは命令だ。困ったら必ずオレに相談するんだよ？　どんな些細なことでも構わない。決して一人で抱え込んではいけないよ」

タンレンは、シュレイの細い肩にそっと手を置いて、優しく宥《なだ》めるように言った。シュレイは顔を上げて、じっとタンレンをみつめながら、小さく頷《うなず》いた。白い頬がほんのりと色づいている。

タンレンは思わず抱きしめたくなる気持ちを、ぐっと我慢した。

フェイワンは淡々と政務をこなしていた。即位して六年、ようやく『王』と呼ばれることにも慣れてきた。

王としての仕事は即位前から父の名代《みょうだい》として行っていたが、即位して本当の王になると、今までやっていたことは単なる手伝いだったのだと思い知らされた。

もちろん少なからず父の助けにはなっていたことは分かっている。特に接見や外交などは、とても重要な公務であり、それを代理で務めただけでもかなり大きな助けになったはずだ、そのことは自身が王になって、身に染みてわかった。

だがそれら以外にもまだまだ王の役目はたくさんあり、他の近臣が支えていたとしても、病身でありながらぎりぎりまで、王としての務めを果たしていた父には頭が下がる思いだ。

父を失った悲しみは、日々の仕事に忙殺されるおかげでまぎらわすことができた。そして気がつけば六年……ようやく成人を迎える。

「陛下、本日この後はシュレイとの面会の予定が入っています」

書簡を届けに来たダーハイが、フェイワンにそう伝えた。

「ええ、リューセーのことについて話をする予定です。明日の午前中はいつも通り接見をするのですよね？」

「はい、午前中はいつも通りの接見で、午後から神殿でリューセーを呼ぶ儀式を行います」

フェイワンが書簡を受け取りつつ尋《たず》ねると、ダーハイが頷いてそれに答えた。

「儀式がどのようなものかご存じですか？」

さらに尋ねると、ダーハイはフェイワンが少しばかり緊張しているととって、目を細めて微笑んだ。

「はい、存じております。本来、竜王が眠りから覚めて、北の城より戻ってきた時に戴冠の儀式とともに行うものですが……陛下は先に戴冠の儀式のみを行われたので、異例ですが今回成人を迎えられて、改めて行うことになりました。私は父上の儀式に立ち会ったんですよ」

「ならば明日は、あなたに付き添っていただければ安心だ」

フェイワンが安堵の息を漏らしたので、ダーハイはからかうように口の端を上げて大きな素振りで首を振った。

「残念ながら私は立ち会いません。明日はタンレンに立ち会わせるつもりです」

「え!?」

想像通りに、フェイワンが狼狽《うろた》えたので、ダーハイはクッと笑いをこらえながら、もう一度首を振った。

「陛下の片腕は私ではなくタンレンです。それともタンレンではまだ力不足ですか?」

「いえ、決してそんなことはありません。オレはタンレンを誰よりも頼りにしています。ですが……こういう古くからの儀式には、あなたのような古参の方の立ち会いが必要です。何もなくともそばにいてくださるだけで心強い」

フェイワンは少し焦《あせ》って赤くなったが、すぐに真面目な顔で言い訳を述べた。

「大丈夫ですよ。そんなに大掛かりな儀式ではありませんし、神殿長のバイハンに任せれば、滞《とどこお》りなく終わります」

ダーハイは笑顔で励ました。

「シュレイです。失礼いたします」

シュレイがフェイワンの執務室を訪れた。

「待っていた。かけてくれ」

フェイワンはシュレイを招き入れて、部屋の中央に置かれたソファに座るように促した。向かいに立つフェイワンが先にソファに腰掛けるのを待って、シュレイは一礼をして座った。

「早速だが……リューセーを受け入れる準備は進んでいるのか？」

「はい、専属の侍女の選定は済んでいます。お部屋の方も整っていますので、いつ降臨なさっても大丈夫です」

「そうか……それで婚姻の儀のことだが、君は何日くらいの猶予が必要だと考える？」

フェイワンは本題に最初から切り込んだ。シュレイには『リューセーを迎える準備について話をしたい』と言って呼び出してある。当然ながらその話し合いの中で『婚姻の儀は、リューセー降臨の何日後に行うべきか？』という話題を避けては通れないと、シュレイも分かっているはずだ。むしろ側近の立場としては、それをきちんと話し合いたいだろう。

しかし先代のことを思えば、なかなかシュレイからは切り出しにくい話題だ。フェイワンはそう思って、自ら先に尋ねたのだ。

「慣例では……五日から遅くとも十日以内となっています」

シュレイは途端《とたん》に緊張の色を浮かべて、言葉を選ぶように答えた。

「シュレイ、そういう形式的な話はいい。率直な意見を聞きたい。君はリューセーの側近だ。リューセーの直属の家臣だ。この国で唯一オレの直臣《じきしん》ではない者だ。君の使命はリューセーを何者からも守ること……もちろんオレからもだ。だから遠慮なく意見を言ってほしい。そのために君だけをここに呼んだんだ。ここには他に誰もいない。遠慮なく言ってくれ……いや、君は今ここで遠慮してはいけない。これから来るリューセーを守るための、これが最初の仕事だと思ってくれ。君がここでリューセーを守るために最善を尽くしてくれなければ、今後も君はオレに対して遠慮してしまうことになるだろう。君はこの国で唯一、王の命令よりもリューセーの命令を優先する存在なんだ。もう二度と同じ過《あやま》ちを繰り返さないためにも……頑張ってほしい」

フェイワンは優しい口調で、だが真剣な面持ちではっきりと告げた。シュレイは驚いたように目を大きく見開き、正面にいる若き王をみつめた。

フェイワンの言葉に、シュレイは目が覚める思いがした。シュレイ自身が誰よりも『リューセーの側近たる者』の意味を軽んじていたのかもしれないと思ったからだ。

頭では分かっていても、実際にそういう立場で動けるわけではない。特にまだリューセーが降臨していない現状では、この城の中でシュレイは微妙な立場にある。

シュレイの本当の出自を知る者は少ない。アルピンとの混血であるシュレイは、いやでも目立つ存在で、実の親が誰なのかと誰もが知りたがった。だが王命で詮索してはならないとされている以上、誰もそこに触れることはない。結果、シュレイは城で働くアルピン達よりも特異な存在で、ぞんざいに扱われていた。

シュレイはなるべくシーフォン達と距離を置き、余計ないざこざが起きないように注意し、遠慮して過ごしてきた。だから無意識に自分を卑下《ひげ》し軽んじていたのだ。

竜王に面と向かって、側近としての覚悟を問われて、シュレイは身の引き締まる思いがした。

姿勢を正し、一度深呼吸をした。

「申し訳ありません。それでは改めて私の意見を述べさせていただきます。先代の側近が残した資料によると、前の婚姻の儀はリューセー様降臨から十六日の猶予をもって執《と》り行われています。ですからそれを最低日数の指針にすべきかと思います」

シュレイの表情が変わり、凛《りん》とした態度でそう述べたので、フェイワンは内心ほっとしながらも、深く考え込むように頷いた。

「最低……と言ったね」

「はい」

「つまり君はもっと必要だと思っているんだね？」

「先代の側近の手記によれば、もっと期間が必要だとありました」

「具体的に何日くらい必要だと書いてあったんだ？」

フェイワンの問いに、シュレイは少しばかり眉根を寄せた。

「具体的な日数は書かれていませんでしたが……『せめてひと月でも延ばしたいと進言したかった』と綴《つづ》られていました」

「それは……結局側近の願いが叶わなかったということだね。『したかった』ということは、却下されたのではなく、王に言えなかったということだな……父も母を守れなかったと後悔していた。周りの状況がそうさせたのだろう。分かった。家臣達のことはオレがなんとかするから、心配せずに君の希望を聞かせてくれ、君は何日くらい必要だと思う？」

改めて問われて、シュレイは少し俯《うつむ》いて一度視線を落とした。遠慮して言い淀んでいるのか、それともまだ自身の意見に迷いがあるのか、フェイワンからはシュレイの表情を捉えることができなかった。

しばらくの沈黙の後、ようやくシュレイが顔を上げた。

「分かりません」

シュレイが沈痛な面持ちで答えた。

「分からない？」

フェイワンが訝《いぶか》しげな顔で問い返したので、シュレイは焦りの表情を浮かべた。

「も、申し訳ありません。分からないと申し上げたのは、現在の大和《やまと》の状況がどうなっているのか図りかねるからです。今の段階で私が言えるのは、最低でもひと月は待つ必要があるだろうということです」

シュレイの言葉に、フェイワンは納得したように頷いた。

「大和の国が、さらに変化していると思うんだね？」

「はい……先代のリューセー様がいらした大和の国は、指導者が変わり、他国の介入もあり、文化や生活習慣までもが大きく変わっていたとのこと。その上リューセー様が降臨された頃には他国との大きな戦争の最中だったと伝え聞いています。それならばその後の大和の国はさらに大きく様変わりしているのではないかと思いました。その大きな戦争に勝っても負けても、きっと色々なことが変わるはずです。龍神様を祀《まつ》っていた神殿がすでに失われていた守屋家が、その後どうなってしまったのか……リューセー様が早世されたことでも、何らかの影響が出ているはずです。まずは間違いなく、先代と同じく龍神様との契約をきちんと理解していないリューセー様が降臨されるでしょう。ですからリューセー様がどのような状態で降臨されるのか次第で、待つべき日数が変わると思われます」

「ひと月以上……か」

「半年くらいは覚悟していただいた方がよいかと思います」

シュレイの思い切った意見にも、フェイワンは驚くことなく、真剣な表情で頷いた。

「オレは最近よく考えるんだ。外交で他国に行き、全く違う文化に驚かされると、もしもオレが突然この国に、たった一人で置き去りにされたら、どんな気持ちになるだろうと……不安しかなくて、すぐにでも国に帰りたいと思うだろう。その上いきなり男と結婚しろと言われたら……ハハハ、そう考えた時に、自分でも変だと思った。だって『男と結婚しろと言われたら、ショックだし、絶対に嫌だと抵抗する』って思ったんだから……。想像した時は、その国の王様とか……その国の男が相手だと思って想像するから、オレも嫌だと速攻で思った……でもオレはリューセーと結婚して契《ちぎ》りを交わすことに、何の違和感もないし、嫌悪感もない。リューセーを男だと意識していなかったんだ。ああ、別に女と思っているわけでもないんだけどね。リューセーはリューセーだから……竜王が結ばれるべき運命の伴侶だ。それ以外の何者でもない。でもそう思っているのはオレだけで、リューセーの方からしたら、知らない国で男と結婚しろと言われるなんて、嫌悪感しかないだろうなと分かった」

「陛下……」

自嘲《じちょう》気味に笑みを浮かべたフェイワンに、シュレイはどう返事をしていいものか分からずに、戸惑いの表情を見せた。

「リューセーが降臨したら、婚姻の儀はふた月後ということにしよう。もちろんリューセーの様子次第で延長可能だ。延長についてはいったん限度を半年とする。それ以上必要ならさらに延ばすが……リューセーは竜王と結ばれない限り、この国で自由を得ることができない。長期間一室に閉じ込め続けるのは、リューセーのためにも決していいことではないと思う。一種の監禁だ。正常な状態ではない。だから出来る限り、半年以上ということにならないように、君には努めてもらいたい」

「分かりました。ですが……本当にふた月後など可能なのでしょうか？　皆が承知するかどうか……」

シュレイが不安そうに言うので、フェイワンは安心させるように明るい笑みを見せた。

「大丈夫だ。オレが必ずなんとかする。それが出来ないようなら、オレは竜王失格だ。それにオレには後押ししてくれる者たちがいる。ダーハイ、ラウシャン、タンレン、この三人は間違いなくオレの味方になってくれるだろう。ほら、もう成功は間違いないと思わないか？」

自信満々に話すフェイワンのおかげで、シュレイも安堵して表情が明るくなった。

「もっともリューセーが、早くオレと結婚したいって言ってくれれば、ふた月など待たずに婚姻の儀を行うぞ……そうなればいいのだけど……」

フェイワンはそう言って、視線を落としながら薄く笑った。自嘲気味にも見えるその笑みは、儚《はかな》い期待だと分かっていると言いたげだ。

それはフェイワンが婚姻を早めたいと思って口に出した言葉ではなく、リューセーが自分を嫌わないように願う祈りのような言葉に感じられて、シュレイはせつなげに眉根を寄せた。

『大丈夫ですよ』などという言葉は安易に口に出せない。しかし誰よりも苦しんだこの若き王が、リューセーと幸せになれるよう願わずにはいられない。

二人とも俯いて黙り込んでしまい、執務室に変な静けさが流れた。

フェイワンは気持ちを切り替えるように顔を上げると、いつもの凜々しい表情に戻った。

「シュレイ、ふた月の間リューセーが不自由な思いをしないように、十分に準備してくれ。王妃の間を快適な空間にするように、必要ならば改造しても構わない」

シュレイも顔を上げて「はい」と力強く答えた。

「陛下、それでは申し上げます。現在の王妃の私室の寝室には、小さな窓がいくつかあるだけですが、居室と同じように一面の大きな窓とテラスを作ってもよろしいでしょうか？　開放的になれば、閉じ込められているという息苦しさが軽減されます。テラスの柵を高めに作れば危険はないかと……」

シュレイに言われて、フェイワンは「そうだったか？」と少し考え込んだ。王妃の部屋には、一度しか入ったことがない。

王と王妃が代替わりすると、王の住まう部分は一度すべて新しく改装される。床や壁などを張り替えるのだ。王の私室も王妃の私室も子供達の部屋も……フェイワンが今まで皇太子として使っていた部屋も改装された。

もっとも本来ならば、先王が崩御《ほうぎょ》し、次の王が目覚めるまでの一年の間に行われるのだが、フェイワンは眠りにつかなかったので、王の私室の改装が終わるまでは、皇太子として使っていた部屋で過ごしていた。

王妃の私室は、その改装が済んだ後に、確認のために初めて中に入った。父が生きていた頃は、入ることが出来なかった。固く閉ざされていたからだ。

改装の際に扉は開かれたが、フェイワンはあえて見に行かなかった。なんだか怖かったのだ。秘密を覗《のぞ》くようで……。

改装後の王妃の私室は、壁には白い壁紙が張られて、床には焦《こ》げ茶色の絨毯《じゅうたん》が敷かれ、全体的に清潔で落ち着いた雰囲気になっていた。リューセーが降臨すれば、そのリューセーが好む色の壁や床に改めて張り替えられるそうだ。

「そういえば、寝室には壁の半分ほどに窓がはめ込まれているだけだったな。テラスもなかった」

「はい」

「いいだろう。すぐに工事に取りかかってくれ」

「かしこまりました」

シュレイは立ち上がり、一礼をして早々に立ち去っていった。

フェイワンは一人ソファに座ったまま、ぼんやりと考え事をしていた。

「オレのリューセー……か」

小さく呟《つぶや》いてため息をついた。

『お前は間違うな』

父の言葉が脳裏に浮かぶ。

「オレは間違えずにいられるだろうか？　リューセーに好きになってもらえるだろうか？」

フェイワンは心細そうに呟いた。

翌日、午前中の接見を終えたフェイワンは、タンレンに伴《ともな》われて王の私室へ向かっていた。

「どんな気分だ？」

タンレンが浮かれた様子で尋ねるので、フェイワンは不機嫌そうに顔をしかめた。

「楽しそうだな」

フェイワンが、むっとした口調で呟くと、タンレンはあからさまにニッと笑った。

「楽しい、楽しいさ！　お前は楽しくないのか？　ようやくリューセー様を呼べるのだぞ？」

「そんなに楽観的な話ではないだろう……お前も分かっているはずだ」

「フェイワン、そう悲観的に考えるな。お前のリューセー様が同じだとは限らないだろう」

タンレンが飄々《ひょうひょう》とした様子で語るので、フェイワンは思わず足を止めて、じろりとタンレンを睨《にら》みつけた。だがタンレンが、思いのほか真面目な表情をしていたので、フェイワンは拍子抜けしたように、目を丸くした。

「な……なんだよ」

タンレンが何も言わずに真面目な顔でフェイワンをみつめるので、フェイワンは戸惑ってしまった。だがタンレンは、なおもフェイワンをみつめ続ける。

「だ、だからなんだよ。からかっているのか？」

「からかってなどいないよ。ただ本当によかったと思っている。無事にこの日を迎えられて……お前のリューセーが来るんだ。すでに色々と覚悟はできているんだろう？　準備も整えている。大丈夫だ。

お前は一人じゃない。素直にリューセーを迎えられる日が来たことを喜べ、今は分からない先の心配などしなくていい」

「タンレン……」

タンレンはニッと笑って、フェイワンの背中を強く叩いた。

「ゴホッ……バ、バカ！　痛いじゃないか」

「お前が情けない顔をするから、発破《はっぱ》をかけてやったんだよ！　王様！　しっかりしろよ！」

「成人前の子供のお前に言われたくないな」

フェイワンが、再び歩き始めたので、タンレンも笑いながら歩きだした。

「別にそれほど違わないだろう」

「大きな違いだ」

「そうか？」

タンレンは頭をかきながら苦笑する。

「オレはすでに即位して竜王になっているのに、成人していないというだけで、リューセーを呼ぶ儀式が今までできなかったんだ。たった六年だ。人間にとっては大きな年齢の違いかもしれない。だが六年なんて、オレ達にとっては大した長さではない。六年経《た》ったからと言って、オレの容姿が大きく変わったわけではない。すごく歳を取って大人になったというわけでもない」

フェイワンは歩きながら、ふいにぶつぶつと文句を言い始めた。タンレンに向かって言っている様子はない。誰にというわけではなく、ただ独り言のように、愚痴《ぐち》をこぼしていた。

「それでも……これがリューセーのために必要な期間なのだろうと思うから待った。儀式をした後も、いつリューセーが来るかは分からない。それでもオレは待つしかない。リューセーが来ても、すぐに会って婚姻出来るわけではない。リューセーがオレを受け入れてくれるまで待つ……オレはいくらでも待つさ……そう誓ったんだ」

「フェイワン」

フェイワンは突然再び足を止めた。キッとタンレンを見る。

「オレに協力してくれるよな?」

「え?」

突然言われて、タンレンは戸惑ってしまいどう返事すればいいのか分からずに、口ごもってしまった。フェイワンがじっとみつめている。

「ああ……もちろんだ」

『何に協力するんだ?』とは聞かなかった。どんな状況だろうと、タンレンの答えは一つしかない。タンレンも、フェイワンと同じくらいの覚悟で誓っているからだ。

「もちろんだ。オレはお前の味方だ」

慌てて紡《つむ》いだ言葉を、その場しのぎで言ったものではないと、フェイワンに対して証明するかのように、タンレンは強いまなざしでみつめ返して言い直した。

フェイワンは、それを聞いてふっと表情を緩めた。

「おかげで緊張は解けたよ」

フェイワンはニッと笑って言った。


フェイワンは王の私室に戻り、儀式用の正装に着替えた。

同じように正装に着替えてきたタンレンが迎えに来て、ともに神殿に向かった。今回は二人とも終始無言だった。

神殿には誰もいなかった。

タンレンは入り口で足を止めて、フェイワンを励ますように軽く肩を叩いて送り出した。

フェイワンは、祭壇の前に立つ神殿長バイハンの下へゆっくりと歩いていく。タンレンは中から神殿の扉を閉めて、誰も入ってこないように見張りとして立ちつつ、祭壇へ向かうフェイワンの後姿を見守った。

祭壇にはたくさんの蠟燭《ろうそく》の灯が点《とも》り、ホンロンワンの姿を模《も》した大きな竜の像を照らしている。それはとても幻想的な雰囲気を醸《かも》し出していた。

「陛下、お待ちしておりました」

祭壇近くまで歩いてきたフェイワンを、バイハンが恭《うやうや》しく礼をして迎える。

「事前に何も打ち合わせをしていないが……私は何をすればいい？　作法も知らぬ」

「作法などありません。儀式というのは、体裁を繕ってそう呼んでいるだけでございます。こちらの龍神鏡《りゅうじんきょう》に竜王の魔力を注いで、異世界にある大和の国との門を開き、リューセー様をお呼びするだけでございます」

バイハンは祭壇の前に置かれている龍神鏡を指しながら説明した。

いつもはない台がひとつ祭壇の前に置かれていた。赤い布がかけられた台の上に、鏡を置くための台座が設置され、そこに龍神鏡が鎮座《ちんざ》していた。

「これが龍神鏡か……」

フェイワンは小さな声で呟いた。近くで見るのは初めてだ。いつもは専用の箱に入れられて、祭壇の中央に置かれている。

「この鏡と対《つい》になる鏡が、大和の国の守屋家に置かれていると言われています」

「これと対の鏡……」

銀製の鏡を前に、フェイワンは緊張した面持ちで立ちすくんでいた。

「さあ、陛下、鏡を手に持ち魔力を注いでください」

「ああ、分かった」

フェイワンは恐る恐る手を伸ばして、両手で鏡を摑んで持ち上げた。ずしりと重いその鏡は、裏面に細かな細工で竜の姿が彫られている。鏡となる表面は磨き上げられていて、フェイワンの顔を映していた。

両手に力を込めて、精神を集中させた。体の奥にある力を、手の先に集めるようなイメージを浮かべると、魔力が鏡に注がれていくのを感じた。

鏡がボウッと青白い光を放つ。

「鏡の奥にある大和の国を想像しながら、リューセー様の名をお呼びください」

鏡が光るのを確認したバイハンが、そう促した。

「リューセー」

フェイワンは鏡に向かって呼びかけた。

「何度も強く、念を込めながらお呼びください」

「リューセー、リューセー」

フェイワンが鏡に向かって何度も呼びかけると、鏡を包むような青白い光は、次第に強い光になっていく。やがてカッと一瞬強い光を放ち、まるで光が鏡の中に吸い込まれるように消えてなくなった。

フェイワンは驚いて、もう光らなくなった鏡をみつめて、バイハンへ視線を向けた。

「何か見えましたか？」

「え？」

バイハンに尋ねられて、フェイワンは返答に困った。

「鏡に竜王の魔力が満たされて、異世界へ道が繫がると、鏡に大和の国の景色が映ると聞きました。

対になる鏡を通して、その鏡に映っているものが見えると」

バイハンにそう説明されて、フェイワンは困惑した様子で、もう一度鏡をみつめた。フェイワンの顔が映っている。先ほど青白く光っていた時も、ただフェイワンの顔を映していただけだ。何も見えなかった。

「いや……何も見えなかった……どういうことだ？　まさか向こうで何か異変が起きて、鏡が割れてしまっているというわけではないよな？」

少しばかり焦りの色を浮かべて、フェイワンがバイハンに問うと、バイハンも困惑したように鏡をみつめた。

「そのようなことはないはずです。少なくとも龍神鏡は光を放ち道を繋げました。もしも対になる鏡が破損しているのならば、反応はしないはずです。何も映らなかったのだとしたら、もしかしたら向こうにある鏡は箱に入れられているのかもしれません。こちらの鏡も普段は箱に入れてありますから」

「でもいつもは何かが見えるのだろう？」

フェイワンはなおも不安そうだ。バイハンは、申し訳なさそうにフェイワンをみつめた。

「いつもかどうかは分かりません。龍神鏡に映るものが見えるのは竜王だけです。過去の竜王が何を見たか記録が残されているわけではありません。ただ先代の儀式にも、私は立ち会いましたので……その時にランワン様がそうおっしゃっただけです。部屋の中のような景色が一瞬見えたと……」

バイハンの話を聞きながら、フェイワンは眉根を寄せて鏡をみつめた。

「本当に大丈夫だろうか？　これで本当にリューセーは来るのか？」

「過去のリューセー様方の話によれば、向こうに置かれた鏡が、ある日青白く光り始めて、鏡から『リューセー』と呼ぶ声が聞こえてくるそうです。それを合図に、その時が来たと分かり儀式を行うのだとか……」

「でも呼んでもすぐには来ないのだろう？」

「それは……向こうには向こうの事情がありますから」

「向こうの事情？」

フェイワンが訝し気に聞き返した。その反応に、バイハンは少し笑みを浮かべて、フェイワンの手からそっと鏡を受け取った。

「向こうには向こうの事情が……生活があります。こちらは竜王が目覚めて、戴冠式を行ってからリューセー様をお呼びしますが、向こうではそのようなことは知らないでしょう。大和の国でもこちらと同じような日常があり、リューセー様も日々をお過ごしです。ある日突然前触れもなく呼ばれて、すぐに来ることは出来ないでしょう。以前は大和の国に、リュウジョウジという鏡を祀る神殿のようなものがあり、そこで大切に保管されていたそうです。鏡が光るのを確認して、守屋家にその時が来たと知らせが行っていたそうです。リューセー様によってはその神殿から遠く離れたところに住んでいた方もあったようですから……それにこちらと向こうでは時間の流れも違うようです。向こうではひと月ふた月のことでも、こちらでは一年の月日になることもあるようです。大和の国の守屋家の状況は、時代によって様々だと思いますが、我々はとにかくこうして道を繋げて、リューセー様に呼びかけて、あとはリューセー様が降臨するのを待つしかありません」

バイハンは丁寧に説明をしながら、鏡を台座に安置した。

「その神殿は取り壊されてしまったのだろう？」

「はい、ですが鏡は大切に守屋家に保管されています。ですから先代は降臨されたのです。今もこうして鏡が共鳴したのですから、そのことこそが対の鏡は間違いなく大和の国に存在しているという証《あかし》です。陛下、大丈夫ですよ。リューセー様は降臨します。待ちましょう」

バイハンは穏やかな口調で、優しくフェイワンを諭《さと》した。

「リューセー」

フェイワンはもう一度その名を口にしていた。それはフェイワンの中で、今までとは少し違う韻《いん》を含んでいた。

フェイワンの中にあった『リューセー』像に初めて血が通ったような気がしたからだ。バイハンの話を聞いて、初めて気づかされた。

『向こうには向こうの生活がある』

フェイワンは母を知らない。そのため『リューセー』という者の姿かたちを想像することが出来なかった。いつか自分の下に降臨すると知ってはいるが、いつもただぼんやりと、『リューセー』という存在を思い描くだけだった。

それが今、生きている人の姿として想像出来そうな気持ちになったのだ。もちろん未だに、顔や姿はぼんやりとしか想像することは出来ない。だが自分と同じように、家族や友人に囲まれて、日々の暮らしを営むリューセーという人間を思い浮かべることが出来た。

「まだ見たことのない君だけど……オレの声が届くといいなと思うよ。リューセー、オレの声を聴いてくれ」

フェイワンは期待を込めて、鏡に向かってそう呟いた。

「龍聖《りゅうせい》！」

名前を呼ばれて振り返ると、懐かしい顔がそこにあった。中学時代仲の良かった友人だ。

「浩二《こうじ》！　わあ！　久しぶり！　元気だったか？」

龍聖は頬を紅潮させて、友人との再会を喜んだ。

「よくオレが分かったな？　この人ごみの中で会うなんて奇跡だよ」

「お前は変わらないからすぐ分かったよ」

元旦の神社の境内《けいだい》は、初詣《はつもうで》の客で大混雑していた。

龍聖はちょうど参拝を済ませて、すし詰め状態の拝殿前の列から脱出したところだった。

「合格祈願か？」

「もちろん、お前もだろう？」

二人は笑いながら、互いに買ったお守りを見せ合った。

「お兄ちゃん」

龍聖の後ろに隠れるようにして立っていた妹の香奈《かな》が、龍聖のコートのすそを引っ張った。

「あ……ごめん、妹の香奈と弟の稔《みのる》だよ。お兄ちゃんの友達だ。挨拶《あいさつ》して」

「あ、あけましておめでとうございます」

「あけましておめでとう」

二人が少し恥ずかしそうに挨拶をすると、浩二も挨拶を返した。

「香奈、これで好きなものを買っておいで、兄ちゃんは少しだけ友達と話をするから……鳥居《とりい》のところで待ち合わせをしよう。稔とはぐれないように手をしっかり繋いでおくんだよ」

龍聖は香奈に千円札を渡してそう告げた。香奈は素直に頷いて、弟と嬉しそうに参道の出店へ向かった。

「相変わらず面倒見のいいお兄ちゃんだな」

浩二が冷やかすように言うので、龍聖は少し赤くなった。

「からかうなよ……だけど本当に久しぶりだな。近くに住んでいるのに、やっぱり高校が違うと、全然会う機会がないな」

「ああ、オレは部活もあったしな。だけどよかったよ」

「え？」

「いや、合格祈願ってことは、お前も大学を受けるんだろう？　お前の場合、高卒で働くなんて言いだすんじゃないかと思っていたからさ」

二人は人ごみの中をゆっくりと歩きながら話をした。

「本当はそれも考えたけど……就職して少しでも高い給料をもらおうと思ったら、高卒より大卒の方がいいからね。奨学金をもらって行くよ」

「奨学金か……大変だな。それでどこの大学を受けるんだ？」

「金沢大《かなざわだい》」

「すげえ！　まあ、お前勉強出来たからな」

「すっごく勉強してるよ……私立は無理だからさ……本当にすっごく勉強してる」

「ははは……オレは明治《めいじ》」

「すごいな」

「スポーツ推薦だよ」

「いや、でもすごいよ。浩二がプロになって有名になったら、友人枠でテレビに出てやってもいいよ」

龍聖がふざけて言うと、浩二はゲラゲラお腹を抱えて大笑いした。

「プロになれるかは分かんないけど、その時はよろしく」

「だけど東京か……遠いね」

「そうか？　新幹線だとあっという間だぞ」

「浩二が東京に行く前に送別会をしなきゃね」

「じゃあ、正之《まさゆき》と良太《りょうた》にも声をかけないとな」

「え？　あいつらどうしてる？　連絡取ってる？　大学に進むのかな？」

「何度か会ったよ。正之はどこか知らないけど大学には行くんじゃないか？　確か駅前の予備校に通っていたから……良太は店を継ぐんじゃないか？」

「寿司屋？　修業に出たりするのかな？」

「そういうのも聞きたいだろう？　同窓会やろうぜ！」

二人は話し込むうちに、いつしか鳥居のところまで来ていた。

「じゃあ、また連絡するから！」

浩二はそう言って明るく手を振って去っていった。少し離れたところで待っていたらしい友人達と合流するのを見て、わざわざ龍聖に声をかけるために来てくれたのだと気づき、申し訳ない気持ちになるとともに、浩二の変わらぬ友情に嬉しくなった。

龍聖の家庭の事情も知っている数少ない友人。高校が別になり、互いに新しい友人も出来て、いつしか疎遠になっていた。

それでもたまにメールのやりとりはしていた。本当にたまにだけれど……。

「お兄ちゃん！」

声のする方を見ると、鳥居の下で綿菓子とりんご飴《あめ》をそれぞれ手にした妹と弟が、龍聖の姿を見つけて安心したように笑って手を振っている。

「ごめんな」

龍聖は駆け寄ると、二人と手を繋いで帰路に就いた。


三人が家に戻ると、家の中はバタバタと大忙しで、母親と叔母達が行ったり来たりしていた。

毎年恒例で、正月には親戚が本家である我が家に集まる。夜は宴会だ。

その準備のために、父の妹である二人の叔母が朝から来てくれていて、子供は邪魔だからと、妹と弟をしばらく外に連れ出すように頼まれて、龍聖は二人を連れて近所の神社に初詣に行っていたのだ。

途中公園などにも寄って、なんとか二時間ほど時間を潰してきたけれど、まだまだ大変そうだ。

「祐子《ゆうこ》さん、やっぱりこっちにはないわ」

納戸《なんど》で何かを探していた叔母の尚美《なおみ》が、大きな声でそう言った。

「叔母様……どうしたんですか？」

「あ、龍聖ちゃん、ちょうどいいところに帰ってきたわ、ちょっと探すの手伝って！」

「龍聖おかえりなさい」

「母さんただいま……何をやっているんですか？」

龍聖が不思議そうな顔であたりを見回しながら尋ねると、母が困ったように腕組みをした。

「それが……大皿が見つからないのよ。去年のお盆の時に使って、納戸に仕舞《しま》ったと思っていたんだけど……やっぱり蔵《くら》かしら？」

「大皿って……あの派手な大きい皿のこと？」

「派手なって……あれは九谷焼《くたにやき》のいいお皿なのよ？」

「龍聖ちゃん、あの皿高いのよ！　五、六十万円はするんだから」

「ええ！　いや、でもそんな皿なら使わないで飾ったりするんじゃないの？　ほら、よく旅館とかで飾ってあったりするじゃない」

龍聖が驚いているのを見て、叔母が面白そうに笑った。

「まあね、今でこそ価値が上がっちゃったけど……元々は普通に料理に使う盛り皿として我が家で使われていたからね。ほら、うちって古い家じゃない？　江戸時代から続く商家だったから、骨董《こっとう》品がいっぱいあるのよ。あの皿は古九谷《こくたに》っていって、古い九谷焼なの。九谷焼は一度窯《かま》が廃業になってなくなったの。江戸時代の終わりに再興して、今の九谷焼があるんだけど……だから昔のものを『古久谷』って呼んでいるのよ」

「尚美さん、大袈裟《おおげさ》ですよ。そこまでは高くないです。名工の作というわけではないし、古九谷と言ってもピンキリですから、あれは十万円くらいじゃないですか？　そうでないと怖くて使えませんよ」

母が苦笑しながらそう言ったので、叔母も笑いながら「それもそうか」と言った。

「龍聖、悪いけど蔵を探してきてくれる？　あるとしたら入ってすぐ右側のあたりだと思うわ」

「分かった。行ってくるよ」

龍聖は頷いて、座敷へ向かった。仏壇の引き出しを開けて、中から大きな鉄製の鍵を取り出した。和鍵と呼ばれる昔の鍵だ。

守屋《もりや》家は江戸時代から続く元商家で、龍聖達家族が現在も暮らしているこの家は、金沢市内にある蔵付きの大きな日本家屋だ。現在の建物は明治時代に建て替えられたもので、大きな空襲のなかった金沢では、今もそのままの姿で残されている。そのため金沢市指定保存建造物に登録しては？　という話が周囲から度々あった。

父が早くに亡くなり、経営していた会社が倒産したため、負債はないものの、古く大きな屋敷を維持していくのは、とても大変だった。

龍聖としては、この持て余し気味の家を、文化財として市に買い取ってもらえたら？　と思っている。

「お兄ちゃん、私も行く！」

「僕も！」

龍聖が縁側から庭に降りると、妹達が慌てて駆け寄ってきた。

「香奈！　稔！　お兄ちゃんの邪魔をしてお皿を割らないでね！」

家の奥から母がそう呼びかけた。

「はーい！」

妹達もはしゃいでいる。

普段はこの大きな家に、家族四人だけで暮らしているから、とても静かだ。だが盆と正月には、こうして親戚が集まるので、とても賑《にぎ》やかになる。

家の経済状況を考えれば、昔と違って、親戚が集まる宴《うたげ》の席を用意する余裕など本当はないのだが、母が嬉しそうだし、妹達も喜んでいるのだから仕方ないかと思う。

「香奈、稔、もうすぐ従兄弟《いとこ》の駿《しゅん》君達が来ると思うから、門のところを見に行ってごらん」

「え？　本当？」

妹が大好きな従兄弟の話をして、興味を上手《うま》く逸らすことが出来た。香奈達が門の方へ走っていくのを見て、龍聖はほっと胸を撫で下ろした。

蔵へ連れていけば、二人は蔵の中を走り回るだろう。さっきの話を聞いた後では、怖くてそんなことは出来なかった。

今の龍聖からすれば、たとえ十万円でもとても高価な皿だ。そういう骨董品が蔵にはたくさんある。割ったりしたら……と想像するだけで肝《きも》が冷える。

龍聖は香奈達が戻ってくる前に、さっさと皿を見つけ要件を済ませようと、小走りに庭を横切り、奥にある蔵へと向かった。

蔵の頑丈な扉にかけられている古い和錠前の穴に鍵を入れて回すと、ガチャリと派手な音を立てて開いた。扉を開けて、入り口近くにある電気のスイッチを探す。

蔵の中は、なんだか異世界のようだった。空気が動かないせいか、ひどく静かだ。明かりをつけて、目的の皿を探した。

「えっと……あ！　あった！」

棚の下段に置かれた大きな桐箱《きりばこ》を見つけた。念のため蓋を開けて確認をする。

「うん、確かにこれだ」

龍聖は箱をそっと持ち上げた。そこそこの重さがある。

「落とさないように注意しなきゃね」

独り言を呟きながら、外へ向かおうとしたその時……。

『リューセー……』

「え？」

名前を呼ばれた気がして、はっとあたりを見回した。外からではない。蔵の中から聞こえた。

「だ……誰かいるの？」

龍聖は恐る恐る聞いてみるが、もちろん返事はない。

「っていうか……鍵がかかっていたんだから、誰もいるわけないじゃん……気のせいだよね」

龍聖は苦笑しながら、自分にそう言い聞かせた。

『リューセー……』

　また聞こえた。

「ええ！　待って！　そういうの怖い！　やめて！」

　龍聖はぶるぶると首を振ると、慌てて外に飛び出した。焦りつつも一度地面に箱を置いて、急いで扉を閉める。錠前を扉にかけて、ガチャンとまた派手な音とともに鍵をかけると、少しだけ安心した。

「空耳、空耳」

　龍聖は、へへっと作り笑いを浮かべて、気を取り直すように「よいしょっ！」とわざと大きな声を上げて箱を持ち上げた。

　家に向かって歩きだす。

「だけど……なんか優しい声だったな……」

　龍聖はポツリと呟いて、チラリと蔵へ視線を向けた。

　あの声は何だったのだろう？　確かに『リューセー』と聞こえた。本当は空耳だと思いたいけど、二回も聞いてしまった。

　幽霊ならば父なのだろうか？

「お盆でもないのに帰ってきちゃったのかな？」

　幽霊も父だと思えば怖くない。気になって、もう一度蔵に戻ってみようかと足を止めた。

「龍聖！　お皿はあった？」

母が縁側に立ち、心配そうにこちらを見ている。

「うん！　あったよ！」

龍聖は急いで母の下へ向かった。


守屋家で、蔵の奥から龍神鏡が発見されるのは、これから十年も後の話になる。


階段を駆け上ってくる足音が聞こえた。

塔の最上階。広いその部屋の真ん中で、体を丸めて寝ていた大きな金色の竜は、ゆっくりと目を開けて頭を少し持ち上げた。

入り口をみつめていると、深紅の髪の青年が勢いよく部屋の中に飛び込んできて、息を弾ませながら笑顔を向ける。

「ジンヨン！　ちょっと飛ぼう」

ジンヨンはすぐには反応せず、ぼんやりとフェイワンをみつめていた。

「なんだよ……寝ぼけているのか？　ほら起きろ！　散歩に行くぞ」

フェイワンは両手を腰に当てて、大きな声でジンヨンに発破をかける。ジンヨンは何か言いたげな顔をしたが、面倒くさそうにゆっくりとした動作で立ち上がった。首と尻尾を伸ばして、うーんとばかりに伸びをする。羽を一度大きく広げてゆっくりと畳んだ。

一通りの準備運動が終わるのを確認して、フェイワンがジンヨンに近づいていった。ジンヨンは頭を床すれすれまで下ろして、フェイワンが背に乗れるようにした。フェイワンは慣れた仕草《しぐさ》で、ジンヨンの頭に手をかけて、ひらりと首の上に乗ると、そのまま背中まで軽い足取りで登っていった。

「いいぞ、さあ行こう！」

フェイワンの合図で、ジンヨンは上へ首を伸ばして、天井から下がっている太い鎖を口に咥《くわ》えるとグイッと引っ張った。ガラガラと歯車の回る音がして、前方の壁が左右に大きく開かれる。それと同時に眩《まぶ》しい光と、強い風が部屋の中に入ってきた。

ジンヨンの大きな羽が、風をはらんでバサリと音を立てる。ドスドスと数歩走って、その大きな体を宙に投げ出した。

空を舞う竜達が、一斉に鳴き始める。青い空に太陽の光を浴びてキラキラと輝く巨大な黄金の竜が、悠々と風に乗って舞い上がった。

グイッとマントが引っ張られた。

「ん……なんだよ、ジンヨン」

緑の美しい丘の上で寝転がって昼寝をしていたフェイワンが、眉根を寄せて目を閉じたまま文句を言った。

グイッともう一度マントを引っ張られる。今度は、下に敷く形になっていたマントを引っ張られたせいで、フェイワンの体がゴロリと横に転がった。

転がってうつ伏せになってしまったフェイワンが、むくりと起き上がりすぐそばにあるジンヨンの大きな顔をじろりと睨みつけた。

「なんだよ！　遊んでほしいのか？」

フェイワンが怒った顔でそう言ったが、ジンヨンはとても静かなまなざしで、ただじっとフェイワンをみつめている。

「なんだよさっきから……しゃべれなくなったのか？　何か言いたいことがあるなら言えよ」

フェイワンはその場に胡坐《あぐら》をかいて座ると、ジンヨンの言葉を待った。するとジンヨンが小さくグルルッと鳴いた。それを聞いたフェイワンは、一瞬驚いた表情をした後、苦笑いをして頭をかいた。

「心の声を閉ざしていても、お前にはやっぱり分かるよな」

ジンヨンはフェイワンに『嫌なことでもあったのか？』と聞いたのだ。

「別に嫌なことがあったわけじゃない……今日、リューセーを呼ぶ儀式をしたことは知っているだろう？　儀式は何の問題もなく済んだんだけど……いざその時が来たら、なんだか酷く不安になってきたんだ。オレは母親を知らないから、異世界から来る『リューセー』という人間が、どんな相手なのか皆目《かいもく》見当もつかない」

フェイワンはそう言って大きなため息をついた。するとジンヨンが、グググッと鳴いた。「容姿のことを言っているんじゃない。そりゃあ誰に聞いたって、過去の資料を見たって、美しい人だと……我々シーフォンとも、アルピンとも、いやこの世界のどの国の人間とも、少し容姿が違う……だけどとても美しい人だと……いくつか肖像画も残っている代もあるし、リューセーは皆似ているという話だから、母もオレのリューセーも、その肖像画に似ているのだろう。そうだとしたらたぶん……綺麗《きれい》だ」

フェイワンが最後の方は、少し赤くなって言ったので、ジンヨンが目を細めてグッとひと声鳴いた。

「たぶんって言ったのは、別に深い意味はない。ほら、肖像画はとても古いものだから色とかだいぶんくすんだり色落ちしたりしているし……お前は見たことないから分からないだろうけど……それにオレ自身は、好みの容姿がどんなものか分からないし、美醜《びしゅう》に関してはそれほど気にならないというか……つまりその……中身？　ほら……性格が……オレと合うかな？　って」

ジンヨンが、グルッグルッとまるで笑っているような鳴き方をしたので、フェイワンは真っ赤になって憤慨《ふんがい》した。

「からかうなよ！　こっちは真面目に気にしているんだから！　いきなり会ってオレのことを気に入ってもらえなかったらどうしようとか……色々……本当に不安しかないんだから……分かれよ！」

フェイワンはむっと不機嫌そうに口を尖らせて、拗《す》ねた様子でそのままゴロリと横になった。

ジンヨンはしばらくフェイワンをみつめていたが、ふいに小さな音量で不思議な旋律を奏で始めた。

それに驚いてフェイワンが、少し頭を起こしてジンヨンを見た。

「お前、何歌ってるんだよ」

だがジンヨンは、それを無視するように空を見上げて、不思議な旋律を奏で続けた。フェイワンは呆《あき》れたような顔をして、頭を地面につけて目を閉じた。

ジンヨンはチラリとフェイワンを見る。

ジンヨンには分かっている。フェイワンが、かなり喜んでいることが……確かに不安はあるかもしれないが、その不安を超えるくらいに嬉しくて気持ちが高揚《こうよう》していることが……。

『リューセーに優しくしてやろうぜ』

フェイワンの心に直接ジンヨンの声が届いた。フェイワンは目を閉じたまま、ニッと笑みを浮かべた。

慙愧《ざんき》は降り積もりやがて愛を覆い隠す

扉の前に立ち、ノックをしようと上げた手は、ピタリと動きを止めた。部屋の中から聞こえてくる荒々しい声に、タンレンはその凛々しい眉を寄せて、自らを落ち着けるように一度大きく深呼吸をした。

こういう時こそ気持ちを静めて、平静を保たなければならない。そう意識しなければ、間違いなく自らもその雰囲気に巻き込まれて、気持ちが荒ぶるだろうことは容易に想像が出来た。

だから本心を言えば、この場ですぐに踵《きびす》を返して去ってしまいたいところだ。関わりたくない。それが正直な気持ちだ。だがタンレンは、この部屋の主に用があって訪ねてきたのだし、自分がこの場から逃げ出してしまえば、取りなす者がいなくなってしまうことも承知している。

本当に嫌な役目なのだが仕方ない。平常心を心掛ける『強い意志』を持って、扉を叩いた。返事も待たずに扉を開けると、盛大な怒鳴り声に迎えられた。

「ラウシャン様！　お取り込み中のところ申し訳ありませんが、至急相談したいことがあるのですが」

タンレンは敢《あ》えて空気を読まないような爽やかな笑顔で、剣呑《けんのん》とした空気に割って入った。

「なんだ！　今はそれどころではない！」

先ほどまでと同じくらいに強い語気で、ラウシャンがタンレンを睨みつけながら言った。タンレンは、ニッコリと微笑み返す。

「それどころではない……ですか？　外遊の相談があって来たのですが……これは……それよりも大切なことですか？」

タンレンは、ラウシャンの正面に立ち、青ざめた顔で震えている若いシーフォンへ視線を向けながら、言葉を選んで尋ねた。

先ほどまで漏れ聞こえていた叱責の内容から察するに、この若いシーフォンのおどおどとした態度が気に障り、ただ八つ当たりのように叱りつけていただけのようだった。確か外務部の書記官だったと思う。書類を渡しに来ただけなのだろうが、おそらく下位のシーフォンで、ロンワンであるラウシャンの前で、委縮しておどおどとした態度になってしまうのも仕方がなかった。

ラウシャンにしたって、本来はこんなことで声を荒らげるような人物ではない。普通の状態であれば……だ。

ラウシャンは、しばらくタンレンを睨みつけていたが、不意に額を押さえながら目を閉じて苦悩の表情を浮かべた。

「いいから……その書類を置いて去れ」

くぐもった低い声で唸《うな》るように呟いた。言われた当の若いシーフォンは、聞こえなかったのかそれとも足がすくんでしまったのか、微動《びどう》だにせずに背を丸めて項垂《うなだ》れたままでいる。このままではまたラウシャンが怒鳴りだすと思って、タンレンがさりげなく二人の間に入り、若いシーフォンに「書類を預かろう。君はもう行きなさい」と、耳打ちして彼が手に持つ書類を強引に受け取った。

書類を奪われて、ようやく我に返った若いシーフォンは、顔を上げてタンレンの顔を驚いたようにみつめた。タンレンは出来るだけ怯えさせないように、魔力を抑え込みながら笑みを浮かべて頷いた。

ラウシャンだけではない。今はタンレンさえも、この下位のシーフォンにとっては、恐れを覚えてしまう存在だ。

「早く行きなさい」

タンレンはもう一度囁くように告げた。それを聞いた若いシーフォンは、チラリと一度ラウシャンへ視線を向けて、タンレンに礼を言うことも出来ない様子で、なんとかペコペコと頭だけ下げると、脱兎《だっと》のごとくその場を去っていった。

「大丈夫ですか？」

タンレンはゆっくりとラウシャンの方に向き直り、穏やかな口調で尋ねた。ラウシャンはまだ額に手を当てて、俯いている。

「すまない」

吐息とともに吐き出された謝罪の言葉は、酷く弱々しいものだった。先ほどまでの荒々しさが嘘のようだ。

タンレンは苦笑を胸の内に納めて、何も言わずに机の上に書類を置いた。ラウシャンが、正気を取り戻したことに安堵していた。もしもあのままの調子で、今度はタンレンに絡んでくるようならば、おそらく自分も引き込まれて同じように荒ぶってしまい喧嘩《けんか》になっていただろう。

「大丈夫ですか？」

額を押さえたまま、崩れるように椅子に腰を下ろしたラウシャンをみつめながら、タンレンは抑えた声でもう一度尋ねた。ラウシャンは、すぐには答えず、一度重い息を吐いた。気持ちを静めようとしているのだろう。タンレンは彼の心情を慮《おもんぱか》って、無言でじっとラウシャンの言葉を待った。

「我ながら情けないと思っている……だが……内から湧き上がる感情を……自分ではどうすることも出来ない」

ラウシャンは苦悶《くもん》の表情を浮かべて、恥じ入るように呟いた。タンレンは深く頷き返す。

「最近は特に竜王の力が弱まっています。おかしくなっているのは、貴方《あなた》だけではありませんよ」

気遣うタンレンの言葉に、ラウシャンは眉根を寄せて訝しげにジロリと見返した。

「君は平気そうだが？」

「オレだって苛ついていますよ。貴方よりはマシなだけです。竜王の力が弱まることによる影響は、血の力が強いほど受けやすい。貴方はロンワンで、それも先々王の弟だ。オレよりもずっと上位にいるのですから……現在いるシーフォンの中では、貴方が一番上位だ。陛下に御子がいない今は、貴方は陛下の次に血の力が強いことになります」

「最初に狂うのはオレか……」

ラウシャンは自嘲するように笑みを浮かべた。

「母も時々癇癪《かんしゃく》を起こしています。昨日は初めて夫婦喧嘩をしたようです」

タンレンがわざと可笑《おか》しげに語ると、ラウシャンが驚いて目を丸くした。

「あの大人しいルイランが？　それもダーハイと夫婦喧嘩だと？」

「ね？　それくらい……皆がおかしくなってきています。上位の者達は野生を取り戻して、竜の残虐さが現れているのでしょう。そのせいで下位の者達は怯えています。ただ漏れになっている魔力を感じて、それだけで委縮して部屋に籠《こも》ってしまっている下位の者もいます。今の貴方の前に連れてきたら、きっと失神してしまうでしょうね」

　タンレンが笑いながらからかうように言ったので、ラウシャンは慌てて魔力を抑え込み苦虫を噛みつぶしたような顔をした。

　かつて竜だった頃、魔力の強さが竜の強さだった。獰猛《どうもう》で残虐な竜は、自分よりも弱いものを許さず、たとえ同族であっても相対すれば、躊躇《ちゅうちょ》なく戦いを挑み殺し合った。そのため自身の力を誇示するように、魔力を常に放出して縄張りを主張していた。弱い竜は、その強い魔力に委縮して、うかつに近づかないようにして逃げ回っていた。

　だがホンロンワンが、その圧倒的な魔力によって竜達を統率した。ホンロンワンには『理性』があった。彼は強大な魔力を、嗜虐《しぎゃく》のために使うのではなく、荒ぶる竜達を押さえつけるように鎮《しず》めて、理性を持つことを教え込んだ。

『理性』を持った竜達は、魔力を抑えて他者を威圧せず、同族同士で争わずに共存することを覚えた。それによって竜族は、繁栄する手段を得たのだった。

　神罰がくだり竜族が人間として生きるようになっても、竜王の統率によってシーフォン達は争い合うことなく、平和な日々を送ることが出来た。エルマーン王国は、竜王の力によって平和を保ってきたのだ。

竜王を失うことは、竜達が『理性』を失うことと同義である。だが遥《はる》か昔の竜族の生き方に戻れるわけではない。今は人間の体を持って生きているのだ。理性を失い獰猛な野生の竜に戻るということは、人の身でありながら容易《たやす》く他者の命を奪えるようになるということである。かつての縄張り争いのように、殺し合いになりかねない事態だ。

シーフォンにとって、竜王が世継ぎもなく死ぬことは、竜族の絶滅を意味した。

先の竜王である八代目ランワンは、伴侶であるリューセーを事故で早くに失い、魂精《こんせい》が得られないため次第に体が弱って、魔力を失い力尽きた。それでもシーフォン達が狂わなかったのは、世継ぎであるフェイワンがいたからだ。

だがランワンがその命を犠牲にして成人させた九代目竜王フェイワンのもとには、未だに彼のリューセーが降臨しない。生きるためにリューセーから貰う『魂精』を必要とする竜王は、次第に衰弱していった。

竜王フェイワンは、図らずも父と同じ運命を辿ることになったのだ。魂精不足のフェイワンの体は、若体化という現象を起こして、本来百五十歳(外見年齢三十歳)であるにもかかわらず、今の見た目は五十歳(外見年齢十歳)ほどの子供だった。

すっかり衰弱してしまい、ここ一年ほどは、歩くこともままならず一日の大半を寝て過ごすことが多くなっている。それに比例するように、シーフォン達が荒れ始めていた。

「対外的に何事もないのだと誤魔化すために、関所を開けて外交のための来訪者や旅の商人の入国を受け入れていますが、そろそろ限界ではないかと考えています」

タンレンはこの部屋を訪れた本来の目的であった相談事を切り出した。ようやく平常心を取り戻したラウシャンが、神妙な面持ちで深く頷く。

「町の方で何か問題は起きているか？」

「町の警備はすべてアルピンがしていますし、特に問題は起きていません。ただ時折竜達が喧嘩をするので、他国の者は驚いて怯える者もいるようです。アルピンの兵士達が、上手く対応をしてくれてはいますが……」

タンレンの報告を聞きながら、ラウシャンは腕組みをして考え込んでいる。

「陛下は何かおっしゃっているか？」

「いえ、何も……」

その返事に、ラウシャンは目を閉じて再び考え込んだ。タンレンはただ黙ってラウシャンの返事を待っていた。竜王の力の影響を、もっとも強く受けてしまっているとはいえ、ラウシャンが一番頼りになるのは確かだ。フェイワンもラウシャンを頼りにしている。

一見すれば、タンレンよりも一回りほど年上のように見えるが、実際にはタンレンの父親よりも年上なのだ。特殊な体質で、なかなか歳を取らない。更に、幼い頃より神童と呼ばれ、シーフォンの頭脳と言われるほど聡明で、先王ランワンが衰弱してしまった時は、宰相のような役割を務めて、国政を支えていた。

未成年で王位を継ぐことになるフェイワンに『ラウシャンを頼れ』と、ランワンが遺言にしたほどだ。

本来の性格は、実直で思慮深く口数が少ない。面倒見のいい方なのだが『気難しそうで近寄りがたい』と誤解されることも多い。仕事一辺倒《いっぺんとう》で、私的な付き合いを誰ともしないせいだ。本人曰《いわ》く『私のような年寄りと、子か孫のような若者達とでは話も合わないだろう』というのだが。

『この方に狂われては困るのだが……』

静かに長考するラウシャンをみつめながら、タンレンは悩ましく思っていた。

「関所を閉めるのはもうしばらく様子を見てからにしよう。他国からの来賓はすでに断っているから、今入国している者達は、我らシーフォンが相手をしなくてもよい者ばかりだ。アルピン達で対応出来る。陛下がまだ大丈夫と思っていらっしゃるのならば、放っておいても構わないだろう。それよりも外交関係の整理が必要だ。今後国を閉鎖することになった場合、友好国への説明と支援の依頼をしなければならない」

淡々と告げる様子は、いつものラウシャンだった。タンレンは安堵しつつ首を傾げた。

「支援とは？」

「友好国以外の国への牽制《けんせい》……おそらくは何もないとは思うが、我が国に害なそうと暗躍する国があれば、情報だけでも収集しておきたい……それに伴い関所は閉めないが、入国を許可する者を選別する必要があるだろう。友好国からの商人や紹介状のある者だけにした方がいい。そういうことも含めて外遊して直接説明する必要がある」

「なるほど」

タンレンはラウシャンの意見に同意した。だが少しばかり不安が残る。今のラウシャンに、果たして外遊を任せてもいいのだろうか？　という不安だ。

「そこでだが……君にその役をお願いしたいと思う」

「え？」

思いがけないラウシャンの言葉に、思案中だったタンレンは、驚いて顔を上げた。

「オレでは無理だろう。いつまた荒ぶるか分かったものではない。友好国で問題を起こすわけにはいかない……君だってそれなりに影響を受けて、理性を保つのに苦労しているのだろうが……オレよりはずっとまともだ。押しつけるようで悪いが……君にしか頼めない」

真摯《しんし》なまなざしで頼まれて、タンレンに断る術はなかった。兄弟のいないフェイワンには、近臣がラウシャンとタンレンとユイリィの三人しかいない。それぞれが重要な役回りをいくつも兼任しているのが現状だ。

ラウシャンは外務と財政を、タンレンは内務（主に王城内の生活・生産に関わる機関）と国内警備を、ユイリィは内務（主に国民の生活・生産に関わる機関）と法務を、それぞれ分担して取り仕切っている。

もちろん三人だけでそれらを回すのは無理なので、あくまでも最高責任者として責任を負い、各所の実務はそれぞれの部下であるシーフォンに任せている。

外遊はフェイワン自身が赴くことが多く、その際の護衛としてタンレンが同行する。フェイワンが行かない時は、外務大臣であるラウシャンが行くのが常だ。特にここ二十年ほどはずっとラウシャンが外遊に赴いていた。フェイワンの若体化が始まったからだ。

その外遊に、自分の代わりにタンレンに行ってほしいという。確かにそれは適切な判断だろう。現にタンレン自身も、ラウシャンが外遊に赴くことに一抹の不安を感じていたのだ。

やはりラウシャンは、常に冷静で正しい判断が出来る人なのだと、今更ながら感心するとともに、この人には狂ってほしくないと心から思った。

「もちろん、その役目を引き受けましょう。詳しい方針については、陛下に相談する必要がありますね。陛下に面会を申し入れて、二人で一緒に行きましょう。貴方のご都合はいかがですか？」

タンレンがすぐにでも話を進めたいと考えて、そうラウシャンに問いかけたが、ラウシャンは急に表情を曇らせて視線を落とし、眉間のしわを深くした。

「どうかなさいましたか？」

タンレンが不思議そうに尋ねると、ラウシャンは視線を落としたまま、何かを言い淀むような素振りを見せた。そんなラウシャンの様子に、タンレンはますます首を傾げる。

「ご都合が悪いようでしたら合わせますが……別に今日でなくてもいいですし……」

「いや、そういうわけではない……ただ……」

ラウシャンは慌てて言い繕おうとしたが、やはり何か言いにくいらしく顔を顰《しか》めた。

「陛下の前で……おかしくなってしまうのではないかと……それに私の醜態《しゅうたい》はすでに陛下の耳にも届いているはず……恥ずかしく、情けなくて……とても陛下に合わせる顔がない」

ラウシャンは額を押さえながら、唸《うな》るようにぶつぶつと吐露した。俯いて額を押さえている手のせいで、顔はよく見えなかったが、耳が少し赤くなっている。羞恥で赤面し、顔を歪めているさまが手に取るようにわかり、タンレンは『ああ……』と納得の声を胸の内に納めた。

真面目でプライドの高いラウシャンらしいと思いながら、ふと新しい疑問が脳裏に浮かんだ。

「ラウシャン様……もしかしてずいぶん陛下に会っていらっしゃらないのですか？」

「ああ……最後にお会いしたのは……ひと月も前になる。その後……あの事件を起こしたため……自粛していたから、陛下には謝罪の書簡を送っただけで、御前には伺《うかが》っていない……」

ラウシャンは大きな溜息をついた。タンレンは眉根を寄せて、同じように溜息をついた。

『あれを気にしていたのか……』

タンレンは思ってもみなかった告白に、おもわず溜息をついてしまったのだ。

ラウシャンの言う『あの事件』は、タンレンもその場にいたから知っていた。だが『事件』というほど大事《おおごと》ではない。だからフェイワンもあまり問題視していなかった。

それは謁見の間で起きた。貿易品を運んできた他国の大使や商人達と、取引証書の受け渡しなどを行っていた。来賓客の受け入れはしていないが、国王からの書簡などを携えた使者は多く訪れていたので、ラウシャンが謁見の間で対応をしていた。

その時、ラウシャンの補佐をしていた外務官の若いシーフォンが、書類を取り違えたか何かのミスを犯した。それほど問題になるようなものではなかったのだが、運悪くラウシャンがおかしくなっていたため、大勢の他国からの使者が控えている場で、先ほどのように大声で叱責し、今にも殴りかかりそうなほど怒り狂ってしまったのだ。

タンレンが仲裁に入り、ラウシャンを謁見の間から退場させて、その場はなんとか収めることが出来た。他国からの使者達にも謝罪をして、取り繕うことが出来た。実際には、何が起きたのかよく分かっていない者が多く、特別に問題になることはなかったのだ。

その後ラウシャンは正気を取り戻し、自分が犯した失態の後始末を自ら進んで行った。部下に謝罪し、フェイワンに謝罪の書簡を送り、自宅謹慎をした。

シーフォン達は皆それぞれに、『理性を失って正気をなくすことがある』ということを承知していた。ラウシャンの部下がミスをしたのもそれが原因だったし、ラウシャンが荒ぶったのもそれが原因だと、その場にいた誰もが分かっていた。

だからその事件については、他国の者達がいる謁見の間で起きたことが問題だっただけで、誰もが自分にも起こりうることだと考えて、ラウシャンを責める者はいなかった。

それはフェイワンも同じ気持ちだった。報告を受けたフェイワンは、何も言わなかった。フェイワンもまた自分のせいで、シーフォン達がおかしくなっていることに責任を感じているのだ。

「ラウシャン様、貴方が理性を失うことを恐れるのならば、出来るだけ陛下のおそばに行くべきです」

タンレンの言葉に、ラウシャンは顔を上げて怪訝そうに眉根を寄せた。

「どういうことだ？」

「何の解決にもならないかもしれませんが……陛下の近くに行けばここにいるよりも、陛下の魔力を感じることが出来ます。荒ぶる気持ちを落ち着かせる効果があります」

ラウシャンは唖然《あぜん》とした顔をしている。だがタンレンは、極めて真面目に言っている。からかわれているわけではないのだと悟って、ラウシャンも真面目な顔になった。

「それは本当か？」

「はい、オレが正気を保っていられる要因のひとつは、毎日一度は陛下の下を訪れているからだと思います。苛立つ気持ちが静まります。問題行動をとる者がいれば、最上階へ連れていっています。さすがに陛下に会わせるわけにはいかないので、王の私室の前にしばらく立たせていますが、皆落ち着きを取り戻しています。だからと言って、全員で常に陛下のそばにいるわけにはいきませんから、問題解決にはならないのですけれど……」

タンレンはそう言って苦笑した。

「そうか……」

ラウシャンもタンレンの気持ちを察して、神妙な顔で頷いた。

竜王の力が弱まっているせいで、シーフォン達が狂い始めるのならば、竜王の力が及ぶ範囲に行けば正気を保てるのは確かに正論だ。だがそれは同時に、竜王の力がもはや身の周りにしか及ばないほど弱まっていることを示しており、竜王の死が近いことを意味する。

タンレンが問題解決にならないと言ったのは、シーフォン全員がフェイワンの近くに集まるという物理的に不可能な方法を指しているだけではなく、そうやって正気を保ったところで竜王の死期が近いのならば何の意味もなさないのだと言いたいのだ。

「一番辛いのは陛下です。オレは少しでも陛下の負担を軽減したい。肉体的な部分は、オレにはどうにも出来ませんから、精神的な部分で……狂おうが、どうなろうが、オレは平気ですよと陛下の前で空元気でもなんでも演じてみせますよ。だからラウシャン様も、恥でもなんでもそのお顔を陛下に見せてやってください」

お願いしますと頭を下げるタンレンに、ラウシャンは降参したとばかりに大きく頷いた。

「オレがまたおかしくなったら、首根っこを摑んででも陛下の前に連れていってくれ」

「承知しました」

二人はようやく笑みを浮かべて頷き合った。

「ユイリィ」

ユイリィが書類の束を抱えて、王の私室から出てきたところでタンレンから声をかけられた。

「タンレン、陛下に面会に来たのかい？」

「いや、君を探していたんだ。頼みがあってね」

タンレンはそう言って少し申し訳なさそうな顔をした。ユイリィは穏やかに微笑んで頷いた。

「ラウシャン様の代わりに外遊に出るんだろう？　今、陛下から聞いたよ」

「そうか、ならば話が早い。そういうわけで三日ほど留守にするから、内務の方で何かあれば頼むよ。国内警備の方は弟に頼んであるから」

二人は歩きながら、引き継ぎの話をした。

「ところでラウシャン様は大丈夫なのかい？」

ユイリィが心配そうに尋ねたので、タンレンは肩をすくめておどけてみせた。

「大丈夫か、大丈夫じゃないかっていうと……大丈夫じゃない。オレ達よりも事態は深刻だし、自分で制御するのも難しいだろう。無自覚なところもあるからね。だけど本人も頑張っているし……突発的なものは今後も起こるかもしれないから、外遊とか表に出る仕事は避けた方がいいと、オレに外遊を頼んできたんだ。そういう理性はまだあるから、たぶん大丈夫だよ」

何でもないことのようにわざと明るく言ってみせるタンレンに対して、ユイリィも笑みを浮かべて聞いていたが、すぐに表情を曇らせて溜息をついた。

「そうだよね……うちも……母上がおかしくなってる」

「伯母上が？　大丈夫か？」

「時々ひどく攻撃的になる。手を上げたりはしないんだけど……それになんか変な夢を見るみたいで、夢と現実がごちゃまぜになるのか……おかしなことを口走ったりして……攻撃的になるよりもそっちの方が心配なんだ」

不安を吐露するユイリィに、タンレンも表情を曇らせた。

「変な夢って……どんな夢なんだ？」

タンレンがさらに尋ねると、ユイリィは足を止めて、あたりを気にするように視線をさまよわせた。タンレンもつられてあたりを見回した。王の私室がある城の最上階から、階段を下りている途中だった。人の気配はない。

「誰にも言わないでほしいんだけど……」

「ああ、もちろんさ。誰にも言わないし……君の気が晴れるなら愚痴くらいは聞くつもりでいたけど、もしも嫌なら無理に言う必要もない」

声を落として囁くように言ったユイリィに、タンレンも声を潜《ひそ》めて答えた。

「いや……聞いてほしい。もしもの時に母の夢の話なのだという証人が欲しいから……」

「もしもの時？」

タンレンが眉根を寄せたので、ユイリィは慌てて言い訳を始めた。

「母の妄言がもしも外に漏れたらって意味だよ。うちの侍女達にはちゃんと言い聞かせているから大丈夫だと思うけど……事情を知らない人が聞いたら……誤解して大問題になりそうだから……」

ユイリィの言い訳は、完全に失敗していて、タンレンは眉間のしわを深くした。大問題になるような妄言とは一体なんなのだと、余計に不安を煽《あお》られただけだった。

「伯母上は一体どんな夢を見たというんだい？」

「それが……その……フェイワンが倒れた後……私が竜王になるって……」

「はあ？」

タンレンが思わず驚きの声を上げたので、ユイリィは慌ててその口を手で押さえた。

「声が大きいよ」

タンレンはユイリィの手を退けさせて、苦笑しながら「すまん」と小さな声で謝罪した。

「おかしくなった時だけだよ。夢で見たとか言うんだ……私がよく言って聞かせているけど……本心じゃないから……」

「ユイリィ、大丈夫だよ、分かっている。伯母上は冗談がお好きな人だったから、変な夢を見てしまったんだろう。皆がおかしくなっている。それは伯母上のせいじゃない」

血の気の失せた顔で、ユイリィが酷く狼狽えているので、タンレンは懸命に宥めた。

「大丈夫か？」

タンレンに宥められて、ようやくユイリィは落ち着きを取り戻した。深呼吸をして、溜息のような深い息を吐いた。

「ごめん」

項垂れるユイリィの肩を、励ますようにポンッと叩いた。

「しっかりしろ、君が狼狽えていたら伯母上を正気に戻せなくなる。君まで巻き込まれるな」

「ああ、そうだね……ありがとう」

「いつでも相談に乗るから」

「うん」

二人は気を取り直して歩き出した。

「オレの執務室に寄らないか？　お茶を出すよ」

「ありがとう」

タンレンは酷く不安を覚えていたが、顔には出さないようにしていた。本当にこの国は終わるのだろうか？　そんな不安が胸に押し寄せていた。


「侍女を返せとはどういうことだ？」

「王妃付きの侍女が四人とも別のところに、勝手に配属されています。お返しください」

内務部の侍従係の男に対して、シュレイは凛とした態度で接していた。

「王妃などいないのになぜ侍女が必要なんだ。他にも手が足りないんだ。必要なところで働かせるのは当然だろう」

「王妃付きの侍女は、他の侍女とは別の扱いです。特別な教育をしています。そもそも管轄が別です。王妃付きの侍女の採用は、私に一任されており、私の権限の下にあります。こちらで勝手にしてもらっては困ります」

「半端者のくせに生意気な！」

怒号とともにパンッという乾いた音が響き渡った。男がシュレイの頬を叩いたのだ。だがシュレイは怯むことなく、赤くなった頬を押さえるでもなく、男をじっと睨み返した。

「なんだその目は！　出自も分からぬアルピンとの混ざりもののくせに……お前のような者が側近だから、リューセー様が来ないのだ。こんな風になったのはお前のせいだ！」

男は理性を失っていた。顔を真っ赤にして憎々しげな表情で、謂《いわ》れのない罵声を浴びせている。周囲の他のシーフォン達は、さすがに言いすぎだと顔を顰めているが、誰も止めには入らなかった。

シュレイは眉根を寄せる。蔑《さげす》まれることには慣れていたが、自分のせいで本来の主であるリューセーが来ないのだと言われれば、それはどんな悪態よりも心が傷ついた。

「さっさと出ていけ！　お前のような奴はこの国から出ていけ！　お前を見るだけで吐き気がする！お前は悪だ！　お前は！　お前はぁぁ！」

男は完全におかしくなっていた。目が血走っていて、狂気に歪んだ顔をしていた。シュレイに対して八つ当たりをするうちに、理性を失いおかしくなってしまったのだ。

男が叫びながら拳《こぶし》を握りしめた両手を振り上げたので、周囲から声が上がり、皆が慌てて止めようと動いた。

「何事だ！」

その時勢いよく扉が開き、一喝する怒声とともに、衝撃波のようなものが部屋の中を駆け抜けた。部屋の中にいたシーフォン達は、一斉にその場にひっくり返ってしまった。もちろんシュレイに殴りかかろうとした男も、ドシンと激しい音を立てて尻もちをついている。

一人立ち尽くしているシュレイは、何が起きたのか分からず驚いていた。振り返るとそこにはタンレンが、厳しい表情で立っていた。

タンレンが魔力を使って威圧したのだ。

部屋の中には上位のシーフォンもいたが、ロンワンであるタンレンに魔力で敵《かな》うはずもなく、皆が一様に威圧に負けて気圧《けお》された。

タンレンはゆっくりとした足取りで、部屋の中を見回しながらシュレイのそばまで歩いてきた。男との間に立ち、床にひっくり返っている男をじろりと見下ろす。

「どのような理由があろうとも、城内での暴力行為は禁止されている。それも同じく王に仕える近臣に対して、手を上げるとは何事か。シュレイはお前よりも位が上なのだぞ？　弁明出来るものならしてみろ」

タンレンは睨みつけながら、淡々とした口調で男を断罪した。男は真っ青な顔でタンレンを見上げて言葉を失っている。正気に戻ったようだ。

しばらくの沈黙の後、男の弁明がないと判断したタンレンは、小さく溜息をついた。

「お前はしばらくの間自宅謹慎していろ」

そう言い置いて、タンレンはシュレイを連れて部屋を出た。

無言で歩くタンレンの少しばかり後ろを、シュレイが困ったような顔でついてきていた。

「タ……タンレン様、助けていただきありがとうございました」

シュレイが礼を述べると、タンレンが足を止めて振り返った。

「あそこはオレの管轄だ。オレの部下が迷惑をかけた。礼を言われるようなことじゃない」

タンレンはそう言いながら、赤く腫《は》れたシュレイの頬にそっと触れて、痛々しそうに眉根を寄せる。

「でも……あの……私はまだあそこに用があって……」

シュレイは赤くなりながら、申し訳なさそうに今来た道を振り返る。

「侍女の件だね。すぐにでも対応してやりたいんだけど、申し訳ない。オレは明日から外遊に行かなければならなくて、これから打ち合わせなんだ。戻ってきたらすぐに対応するから、君はこのままあそこには関わらずにいてくれないか？　オレのいない間に、また同じようなことになったら困る」

心配そうにみつめるタンレンのまなざしを、しばらくみつめ返していたシュレイは、諦めたように目を伏せた。

「分かりました」

「あの男が言ったことは気にするな。シーフォンが、皆、おかしくなっていることは知っているだろう？　彼も本心ではない。妄言を口走ってしまっただけだ」

「はい」

シュレイは目を伏せたまま一言返事をして、それ以上は何も言わなかった。

先ほど浴びせられた暴言が、胸の奥に澱《おり》のように溜まっている。それは先ほどの言葉だけではない。シュレイは蔑まれ続けてきた。あのように直接暴言を吐かれたのは初めてだったが、妬《ねた》みや蔑みのまなざしは幾度となく受けてきたし、聞こえよがしの陰口を叩かれることもあった。小さな嫌がらせは、日常茶飯事だ。だからあの侍従係の言葉は、本心なのだと思う。確かに今は異常な状態ではあるが、それでも口にした言葉は、日頃から彼がそう思っていることなのだ。

シュレイはどんな酷い言葉を吐かれても、気にしないようにしていた。いや、正確には何も考えないようにしていた。なぜ暴言を浴びせられるのか、考えたところで答えは出ないと分かっていたからだ。

自分が何のために生まれて、何のために生きているのか分からない。

シュレイが、自分が望まれない子供だったのだと知ったのは、母親が殺された日のことだった。だが、それまでも少しだけ不思議に思うことはあった。

なぜ人里離れた森の中に、母親と二人で暮らしているのか？　なぜ父親はたまにしか現れないのか？　なぜ家の周り以外の外に行ってはいけないのか？　なぜ友達を作ってはいけないのか？

不思議には思っていても、生活に不自由はなかったし、母親はとても優しかったし、たまにしか来ない父親も優しかったから、それで幸せだと思っていた。

だけどあの日、シュレイの世界は一変した。

母親は何者かに殺された。シュレイを助けてくれたのは、今の国王であり当時皇太子であったフェイワンで、自分がシーフォンの父とアルピンの母から生まれた子なのだと知らされた。それも許されぬ仲で生まれた子。

シーフォンともアルピンとも違う姿で生まれて、シーフォンの特徴である長命を引き継いだため、なかなか成長しない幼子は、人目を避けて暮らすしかなかった。

シーフォンとしても生きられず、アルピンとしても生きられない。あの時、母と一緒に死ぬしかなかった存在だと、シュレイは自覚した。

そんなシュレイに、生きる場所を与えてくれたのがフェイワンだった。

『オレの伴侶となるリューセーの側近になってほしい。リューセーは異世界からたった一人でこの世界に来るんだ。リューセーは、シーフォンでもアルピンでもないし、この世界の人間ではないから家族もいない。オレが全身全霊で愛して守るつもりだけど、オレは王様だからずっとリューセーのそばにいてやることは出来ない。お前がただ一人のリューセーの味方になってほしい。お前はこの国で唯一、オレの命令を聞かなくてもいい存在になる。リューセーのためだけにいてほしい』

それは暗闇の中に射した一筋の光。何者でもないシュレイに、生きる意味を与えてくれた存在。シュレイはその日から、まだ見ぬ主のために生きようと、懸命に努力した。完璧な側近になって、命を懸けて主を守ろうと誓った。

ただリューセーのためだけに生きる。だから『シュレイ』という存在が、どんなに疎《うと》まれ、蔑まれても構わないと思った。側近としての仕事に支障がなければいい。下手に抵抗すれば、余計にいじめにあって仕事に支障をきたすと思った。だから何も考えない。何を言われてもその意味を考えなければ傷つくことはない。

そうやって今まで生きてきたのに、主はまだ現れない。来るはずの時から五十年近く経ってしまった。さすがに心が揺らぎそうになる。自分の存在意義が分からなくなる。

この五十年、いつリューセーが降臨してもいいように、毎日、王妃の部屋を整え続けてきた。寿命が短いアルピンの侍女は、何度も新しく雇い入れて教育をし直さなければならなかった。並行して乳母の教育もしてきた。もう何人も、仕えるべき主に会えないまま、城を去っていった。

本当に自分はここにいていいのかと、自分でも思うくらいだから、侍従係のシーフォンの言葉は、あまりにも正論で、酷く心に突き刺さった。

そんなシュレイの唯一の心の支えは、今目の前にいるタンレンだ。彼は初めて会った時から、ずっと変わらずシュレイに優しい。

シュレイが側近の勉強をしている時から、色々と助けてくれた。

タンレンは、アルピンにも等しく親切だ。だからシーフォン達だけではなく、城内に勤めるアルピンからも人気があり、人望が厚い。シュレイだけが特別ではないのだ。

『勘違いしてはいけない』と、シュレイはいつも自分に言い聞かせていた。

タンレンが、シュレイに『愛している』と告白し、体を重ねる関係になっても、それはシュレイを哀れに思って、情けをかけているだけなのだと思っていた。

『本気にしてはいけない』

男同士なのだし、シュレイはリューセーの側近になるために、手術をして生殖器を失っている。本来ならば誰かと愛し合えるような体でもない。人として欠けているのだ。そんなシュレイにとって、王の従弟でありロンワンであるタンレンは、最初から結ばれることなどありえない相手なのだ。

いつも気にかけて、かばってくれるタンレンには、感謝してもしきれない恩がある。だからこんな体でも、タンレンの慰めになるならば本望だ……シュレイはそう思っていた。

もちろんタンレンが、そんなシュレイの気持ちを知るはずもない。

「シュレイ？」

目を伏せて黙ったままでいるシュレイを不思議に思って、タンレンがそっとシュレイの髪を撫でながら名前を呼んだ。シュレイはゆっくりと目を開けて、タンレンをみつめ返す。

「いつ頃お戻りですか？」

「外遊は三日間だ。戻ったら侍女のことも含めて、色々と対処するよ」

「……気をつけていってらっしゃいませ」

シュレイは薄く笑みを浮かべて言った。

タンレンは三人の部下とラウシャンの部下二人を同行して、三日間で四つの友好国を回った。それぞれの国で、目的の話し合いをすることが出来て、何も問題は起きずに予定通り帰国した。

「シュレイ、遅くなってすまない」

タンレンが、シュレイに会うことが出来たのは、帰国してから四日も経ってからだった。帰国早々問題が山積していたため、その対応に走りまわっていたからだ。

「タンレン様……お疲れのようですが……大丈夫ですか？」

明らかに疲れた顔のタンレンを見て、シュレイは心配そうに眉根を寄せた。

「ああ、大丈夫だ。それより例の侍女の件だが、元に戻すように段取りがついた。本当は、こんなに時間がかかるような問題じゃないんだけど……なにしろ君が教育した侍女は優秀だからね。配属されていた先で重宝されて、なかなか手放してもらえなくてね……でもちゃんと話はつけたから、明日には王妃の私室に戻ってくるよ」

「ありがとうございます……本当に……ありがとうございます」

よほど嬉しかったのか、安堵したからか、シュレイが珍しく満面の笑みをこぼしたので、タンレンは胸が高鳴った。

「シュレイ、今夜はうちで一緒に食事をしよう」

「あ……はい、承知しました」

シュレイはいつものように、冷静に返事をしたのだが、ほんのりと頬が染まっていることに、自身では気づいていなかった。


「シュレイ」

白い首筋に唇を這わせて、熱い息とともに名前を呼び、首の付け根を甘く噛んで強く吸い上げた。組み敷いた細い体が、びくりと跳ねて感じているのが分かる。

「シュレイ」

何度も名前を呼びながら、唇で、舌で、指先で、その柔らかな肌の感触を味わった。触れて愛撫するたびに体を震わせているから、感じているはずなのにシュレイは決して声を上げない。

時折鼻に抜けて、微《かす》かに甘い声が漏れるが、すぐに唇をぎゅっと噛んで、必死にこらえようとしているのが分かる。唇に血が滲《にじ》むほど、噛んでしまっている時は可哀《かわい》そうに思って、口づけをして唇を噛ませないようにしてやるのだが、声が漏れそうになるといやいやというように首を振って逃れようとする。

そんな様子が、タンレンの欲情をかき立てるのだが、シュレイ本人は決してわざとやっているわけではない。

胸をまさぐり乳頭を指で捏《こ》ねると、ビクビクと体が反応する。白い肢体が次第に色づいていき、それは酷く艶《なま》めかしいものになる。

タンレンは、幾度か外遊先であてがわれた遊女を抱いた経験はある。どの女性もその国自慢の美女達だったが、タンレンの心を揺さぶる者はいなかった。相手国の王の面子《メンツ》を潰すわけにはいかず、断れないので迎え入れたが、うっかり子が出来ては色々とやっかいなので、最後まで抱くことはせず、ほどよく遊んだところで、魔力を使って女を眠らせた。

それくらい冷静だったのだから、やはりまったく欲情出来なかったということだろう。

だがシュレイは別だ。いつも夢中になってしまう。抱かずに純愛を通すことも出来るのだが、シュレイはどこか支配したいと思わせる魅力があり、一度抱いてしまうと抗《あらが》うことが出来なくなる。

タンレンの腕の中で、必死に声を上げまいとしている姿には、支配欲をかき立てられ啼《な》かせてみたいと思わされる。シュレイに優しくしたい。酷いことをしたくない。大切にしたい。そういう想いと、めちゃくちゃに抱いて啼かせて服従させたいという想いが、タンレンの中で常に反発し合っていた。

肌を撫でながらゆっくりと胸から腹へと、筋肉の筋をなぞるように滑らせる。細身だが鍛《きた》えている体は、無駄な肉がなく引きしまっている。少々痩せすぎではとも思うのだが、本人が小食だから仕方がない。遠慮しているのかと、無理矢理食べるように命じたことがあったが、具合を悪くして吐いてしまったので、タンレンは酷く後悔して、それ以来無理に食べさせようとは思わなかった。

下腹の先には薄い茂みがある。髪の色と同じ銀色の陰毛が気持ち程度生えていて、その先には成人男性にあるはずの生殖器はない。

手術で陰嚢《いんのう》を切除され、陰茎は排泄に必要な程度が残されている。子供のそれのような小さな印は、勃起することはない。だが感覚は敏感なようで、弄《いじ》ると腰を引いて身を捩《よじ》らせる。

タンレンは大きな左手で押さえつけるように陰茎を包み、掌《てのひら》で揉むように愛撫しながら、右手の指を後孔へ差し入れた。

「んっ」とシュレイが小さく喉を鳴らした。息が荒くなっている。シュレイが感じているのをみつめながら、タンレンも気持ちを昂《たかぶ》らせていった。

指を出し入れして後孔を解していく。ここには自分しか入れたことがないのだという優越感がある。美しく凛としたシュレイを、穢《けが》していくような背徳感。タンレンはわざと音を立てるように、内腿を強く吸った。

「んんっ……」

シュレイが顎《あご》を上げて喉を鳴らす。まだ声を上げまいと頑張っている。

小さな陰茎を口に含み、舌で愛撫すると腰がビクビクと震えた。愛しい。シュレイのすべてが愛しい。

体を起こしてシュレイの両脚を抱えて、腰を摑みながら解した後孔に、怒張した昂りをゆっくりと挿入した。

ギシギシとベッドが軋《きし》むほどに、激しく腰を動かして抽挿《ちゅうそう》する。すでに二度シュレイの中に精を注いでいるため、抽挿するたびに濡れた厭《いや》らしい音がする。雄の匂いが鼻をつく。シュレイは射精しないので、この雄の匂いはタンレン自身のものだ。自分の匂いになど全く興奮しないが、シュレイの中を満たしていると思うと興奮した。

「あっ……んっんんっん……あぁあっ……」

攻め続けられてさすがのシュレイも僅《わず》かながらに喘ぎを漏らしている。

いつもは、シュレイの身を案じて一度の射精で我慢するのだが、今日は酷く興奮して収まらない。腰の動きが止まらない。もっともっと激しく犯したいという欲求が、タンレンの中を支配していく。

「シュレイ……シュレイ……美しいシュレイ……」

恍惚《こうこつ》とした表情で、激しく腰を動かしながら何度も名を呼んだ。呼ばれるたびにシュレイもびくりと反応する。シュレイは朦朧《もうろう》とした表情で、タンレンに突き上げられるたびに、小さく喘いで顎を上げる。汗で髪が額や頬に張りついていた。

「愛している……シュレイ……愛している」

組み敷いて見下ろしながら、その美しい顔に向けてうわ言のように愛を囁き続けた。何度愛していると言っても、シュレイがそれに応《こた》えることはない。拒むことはないが、受け入れているようにも感じない。

シュレイの性格を思えば、自分の身分を気にして、男であることも気にして、これからもタンレンの想いを素直に受け入れることはないだろう。だが逆を言えば、嫌いな相手に体を許すような身持ちの悪い人物ではない。シュレイは凜として気高い。

有象無象《うぞうむぞう》が彼に泥を浴びせようと、どんな汚い言葉を投げつけようと、彼が泥にまみれることはない。一見従順そうに見えて、決して相手に屈しない。

だからこそ、これは決して自分の勝手な片思いではないと信じている。だけど愛すれば愛するほど、体を重ねれば重ねるほど、もっと自分のものにしたいという欲が湧き上がる。

もっとめちゃくちゃに抱いて……もっと精を注ぎ込んで……オレだけのものにしたい。誰にも渡したくない。激情のような熱いうねりが、体の中で荒れ狂う。

「シュレイ！　愛している！　愛している！」

ふいに首を絞められて、朦朧としていたシュレイが、はっと目を開けた。夢ではない。タンレンがシュレイの首に両手をかけて絞め始めていた。

「くっはっ……タン……レン……さ……ま……」

苦しさに大きく口を開けて、必死に呼吸をしようともがいた。首を絞めつけるタンレンの手首をぎゅっと握って振りほどこうとするが、びくともしなかった。

戯《たわむ》れではない。本気で首を絞めようとしている。

シュレイは信じられないという思いで、もがきながら助けを乞うようにタンレンをみつめた。

『ああ、タンレン様までも狂われてしまうのか……』

タンレンが自分を本気で殺そうとするはずがない。シュレイはそう信じて疑わない。だからこれが夢ではないのならば、タンレンは他のシーフォンと同様に、竜王の力が弱まった影響で狂ってしまったのだと思った。

「愛している！」

タンレンのその言葉に、シュレイは大きく目を見開いた。目の前のタンレンの顔には怒りも憎しみもなかった。いつものまなざし……優しい……愛しい……そんなまなざしでいつもシュレイをみつめてくれる。その灰青の瞳が揺れている。

『タンレン様が……泣いている？』

シュレイはふとそんなことを思った。

「シュレイ！　愛している！　オレだけのものになってくれ！　リューセー様にも渡さない！　愛しているんだ！　オレだけのものになってくれ！」

懇願するようにタンレンが叫んだ。

『ああ……』

シュレイは歓喜した。本当に愛されているのだと思った。きっとタンレンは狂っているのだろう。それでこのように愛を叫んでくれるというのならば、それがタンレンの本心だ。本当にシュレイを愛してくれているのだ。それならば殺されても構わない。

シュレイはそう思って、微笑みを浮かべながら両手を上げてタンレンの背中に手を回した。

「タン……レン……様……」

それは慈母のような微笑みだった。

「……っ！」

その瞬間、タンレンは我に返った。目の前には夢のように美しい笑顔のシュレイがいた。だがその首には、自分の両手がかけられている。

弾かれるように飛び起き、手を離した。

「あ……ああ……」

タンレンは驚愕して言葉も出ずにいる。

「かはっ……ゴホッゴホッ」

シュレイの体が跳ねて、次に激しく咳き込み始めた。

「シュ……シュレイ！　大丈夫か！」

「タンレン……様……正気に……戻られたのですか？」

激しく咳き込みながら、シュレイが掠《かす》れた声で、タンレンの身を案じるように答える。その言葉に、タンレンは自分の犯した過ちに気づいた。自分の両手をじっとみつめて、ガクガクと震える。

「オレは……なんてことを……ああ……なんてことを……」

「タンレン様……」

シュレイはそのまま意識を失った。静かになったシュレイの様子に驚いて、タンレンは慌ててシュレイの体に縋《すが》りついた。口元に耳を当てると、息をしていたので少しばかり安堵する。

「シュレイ……」

後悔と自責の念に苛《さいな》まれて、胸が張り裂けそうだった。ふと視線が、シュレイの首で止まる。細く白い首は、くっきりとタンレンの指の形にうっ血していた。

「オレは……なんということをしたんだ……」

タンレンは頭を抱えて、うめき声を漏らした。


目を覚まし、そこがタンレンの寝室であることに気づいたシュレイは、無意識に隣を見た。だがそこにタンレンの姿はなかった。不思議に思いつつ起き上がろうとして、首に違和感を覚えた。そっと触ると首に包帯が巻かれている。起き上がろうと首を動かすと、ズキリと痛みが走った。

その瞬間、シュレイの脳裏に、昨夜のことが鮮明に浮かび上がった。シュレイの首に手をかけたタンレン。殺そうとしているのに殺気は全く感じられなかった。

愛しげにシュレイをみつめながら「愛している」と叫んでいた。

『夢ではなかったんだ』

シュレイはぼんやりとそう思った。怖くはなかった。タンレンに対して憎しみもない。むしろ嬉しいと思った自分に、少しばかり驚く。

体を起こして部屋の中を見回した。

「目が覚めたんだね」

タンレンの声がした。全く気配を感じなかったので驚いて、声のする方を見て再び驚いた。

窓辺の床に蹲《うずくま》るようにしてタンレンが座っていた。酷く憔悴《しょうすい》している。いつもの明るい表情も覇気も感じられなかった。

『タンレン様』

名前を呼ぼうとしたが、声が出なかった。ただはくはくと口を動かすだけになってしまって、シュレイは思わず喉を押さえた。

「痛いだろう？　すまなかった」

タンレンが泣きそうな顔で言うので、シュレイは首を横に振ってみせた。痛みが走ったが我慢する。

今はタンレンに、平気だと伝えるしかない。

タンレンはのろりとした動きで立ち上がった。

「シュレイ……謝って済むことではないと思う……君が望む罰をなんでも受けよう」

真っ青な顔でボソボソと話すタンレンは、まるで死人のようだった。どちらが被害者か、これでは分からない。シュレイはただひたすらに首を横に振った。

「シュレイ……もうこの関係は終わりにしよう」

次に続いたタンレンの言葉に、シュレイは目を丸くした。

「二度とオレに近づかない方がいい。狂ったオレは君に何をするか分からない、だからもうオレのことは構わないでくれ」

『タンレン様……違います！　私は……』

シュレイは必死に言おうとしたが、声が全く出なかった。ただ口をはくはくと動かすだけだ。喉がヒューッと鳴った。

「君は優しいから、それでもオレのそばにいると言うだろう。だけど……オレは君といると……狂気を止められなくなる。オレは狂ってしまう……もう限界だ。君とは一緒にいられない」

タンレンは苦しげな顔でそう告げると、そのまま寝室を出ていった。シュレイは後を追うことも出来ずに、呆然《ぼうぜん》とベッドの上に座っていた。


扉がノックされて、控えていた侍女が対応に出ているのを、フェイワンはベッドに寝たまま眺めていた。侍女はくるりと向きを変えて、フェイワンの近くまで歩み寄った。

「陛下、タンレン様が面会したいとおいでですが、いかがいたしますか？」

「タンレンが？　まあ別に何も用事はなくて暇だから良いが……ぶらりと見舞いに来ただけならば、

わざわざお伺いなど立てないよな……ということは、何か問題でも起きたのかな？」

フェイワンがブツブツと独り言を言っていると、侍女が困惑した面持ちで扉の方を気にしている。

「起き上がらせてくれ……ん？　どうかしたか？」

「それが……対応した者の話では、ただならぬご様子だそうで……」

侍女はフェイワンが起き上がるのを手伝いながら、まだ困惑した顔をしている。取り次ぎに来た者が、よほど大袈裟に言ったのだろう。来訪者がタンレンとは思えない侍女の困惑ぶりだ。

『いや、本当に様子がおかしいのだろうな。タンレンはアルピン達に人気があるから』

フェイワンはそう思い直して、やれやれと覚悟を決めた。タンレンがとんでもない問題ごとを抱えてきたのだろうと思ったからだ。

クッションをたくさん背中に宛がってもらい、フェイワンはそれに凭《もた》れかかりながらタンレンを迎える準備を整えた。

「タンレンを呼んでくれ」

果たして現れたタンレンは、見るからに大問題を抱えている形相だった。

「一体どうした……？」

フェイワンは呆れたように、開口一番にそう尋ねた。そこにいるのは、今まで見たこともないような姿のタンレンだった。憔悴しきって今にも死にそうな顔をしている。確か二日前には、忙しくてかなわないと元気に笑いながらぼやいていたはずだ。たった一日で何があったというのだろうか？　フエイワンもまた困惑していた。

侍女が困惑していた理由が、しみじみと分かった。

「フェイワン……頼む……助けてくれ……」

ふらふらとした足取りで、ベッドのそばまで来ると、その場に崩れるように膝をついて消え入るような声でそう言った。

フェイワンは目を丸くしていたが、やがて大笑いを始めた。

タンレンはぽかんとした顔で、フェイワンを見上げている。だがそんなことはお構いなしに、フェイワンは大声で笑い続けた。

やがてぐったりとして、恨めしそうにタンレンを睨みつけた。

「久しぶりに笑ったら疲れたぞ……お前のせいだ」

「フェイワン……何がそんなにおかしい……こっちは死にそうだというのに」

タンレンは力なく首を振りながらボソリと恨み言を呟いた。だがそれを聞いたフェイワンは、ニッと口の端を上げる。

「タンレン、そっちこそ面白い冗談だ。死にそうなのはオレの方だろう」

嫌味を言われてタンレンは、はっと我に返った。

「す、すまない……そういうつもりで言ったんじゃない」

「タンレン……オレが笑ったのはな、嬉しくて笑ったんだ」

「嬉しくて？」

思いがけない言葉に、タンレンは目を瞬かせている。だがフェイワンは笑みを浮かべたまま話を続けた。

「お前はオレがこんなになってからも、ずっと必死に平気なふりを続けていただろう。ラウシャンの尻拭いをさせられても、あちこちで問題の解決に駆けまわっても、自分がおかしくなりそうなのを、必死に耐えて……そんなお前がようやくオレに泣きついてきたんだ。嬉しくて笑いも出るさ」

愉快そうに語るフェイワンを、タンレンは唖然としてみつめていた。

「で？　何があった？」

「フェイワン……」

タンレンは大きく息を吐いて、ぽつりぽつりと昨夜のことを話し始めた。包み隠すことなく、自分がやってしまった過ちをすべて詳《つまび》らかに話した。

話を聞き終わったフェイワンは、しばらく驚いたようにポカンと口を開けていたが、やがて深い溜息をついて哀れむようにタンレンをみつめた。

「それは無理心中じゃないか」

「無理心中？　オレはシュレイを殺そうとしたんだぞ？」

「だから……オレ達は人間を殺せない。シュレイを殺すということは自分も死ぬということだ。心中じゃないか」

「ああ……ああ、確かに……そうだな。それに……もしもオレが天罰を受けていなくても、確かに後を追ったかもしれないな」

「まったく……お前の愛は重すぎるぞ」

フェイワンは頬杖をついて、嫌そうに顔を顰めた。

「それで？　オレに何をしてほしいって？　もうお前から別れを告げて突き放したのならば、別に何もしなくてもいいだろう。普通だったら自分を殺そうとした相手なんて、怖くて近づきたくもない。まあ……シュレイは分からないが……」

「シュレイを守ってほしいんだ」

「はぁ？」

タンレンの頼みに、フェイワンは訳が分からないという表情を露骨に浮かべた。

「オレはもうシュレイを守れないから……フェイワン、なんとかシュレイを守れる方法を考えてほしい」

「守るって……何から？」

「おかしくなっているシーフォン達からだ。イライラのはけ口は、自分よりも弱い存在だ。アルピン達も心配だが、シュレイは格好の餌食《えじき》だ。ずっと嫌がらせを受けているのを、今までオレが守ってきたんだ。この前なんか、侍従係のショウランから平手打ちをされていた。オレが威圧で返り討ちにしてやったけど……」

フェイワンはその話を聞いて、それまで冷やかし半分だった態度を改めた。腕組みをして考え込んでいる。

「アルピンも被害にあっているのか？」

「多少は……ただ我々は子供の頃から、アルピンは我らが守るべき国民だと、口酸っぱく教え込まれているから、実害はないが……たまに声を荒らげられたりすることもあるようだ。兵士達にはオレから対処方法などをよく言って聞かせているし、各家に仕えている侍女達にも注意を呼びかけているけどな……だがシュレイは……」

「シュレイのことはもういい、十分分かった。侍女達を勝手に取り上げられたという報告も聞いている」

フェイワンは、そう言ってからまた考え込んだ。

「分かった……少し考えさせてくれ、あとのことはオレに任せろ。それよりも本当にいいのか？」

「え？」

「シュレイのことだよ……一方的に突き放すようなことをして……後悔しないか？」

「ああ、オレは別にシュレイへの愛を諦めたわけじゃないからな。これからもずっと愛し続ける」

「はあ？」

フェイワンはまた呆れてしまった。この男が何を言っているのかさっぱりわからん！　と無二の親友を前に、真剣に思っていた。

「リューセー様が降臨して、お前が元の姿を取り戻して、エルマーン王国が元通りの平和な国になったら、また改めてシュレイに愛の告白をするつもりだから、別に構わないよ。今はただオレの狂気からシュレイを守りたいだけだ」

「あのなぁ……そんな自分勝手な言い分が通用すると思うのか？　だったら突き放すのではなくて、ちゃんと話し合えばよかっただろう？　今言ったみたいに、オレの狂気からお前を守りたいから距離を置こうって……殺しかけておいて、もう近寄るなと突き放して、平和になったから復縁しようなんて……自分勝手すぎる。オレがシュレイだったら、お前なんかもうごめんだね」

フェイワンは枕に凭れかかって大の字になった。呆れ果てて付き合っていられない……なんて呟いている。タンレンはムッとした顔でフェイワンをみつめた。

「恋愛をしたこともない奴に言われたくないな」

「お前！　それは一番言っちゃいけないやつだぞ！」

フェイワンが赤くなって、タンレンを指さしながら抗議したので、タンレンは思わず笑っていた。やっと笑えた。タンレンはそう思いながら溜息をついた。

「フェイワン……肝心な時に情けなくてすまない」

真顔で謝罪の言葉を告げたタンレンに、フェイワンは首をすくめてみせた。

「言っただろう。頼られて嬉しいと……壊れ物のように扱われることにはもう飽きた。特に……お前とは少しでも対等でありたい。オレがまだ竜王として権力を振るえるうちは、オレを頼ってくれ。他

でいっぱいお前に迷惑をかけているからな」

フェイワンはそう言って右手を差し出した。タンレンは微笑みながら握手を交わした。


シュレイは、王の私室に来ていた。フェイワンに呼ばれたのだ。タンレンとの事件があってから五日が過ぎていたが、まだ首の包帯は取れていなかった。それでもなんとか声は出るようになっていた。

「陛下……失礼いたします」

シュレイは王の寝室に入ると、扉のそばで深々と頭を下げた。シュレイが直接こうしてフェイワンと面会するのは久しぶりだった。このように寝たきりになってからは、限られた者しか面会出来なくなっていた。だからしばらくフェイワンの顔を見ていないというシーフォンは多い。

シュレイは五年ぶりだ。最後に面会したのは寝たきりになる前で、あの頃も体は小さくなっていたが、それでもまだ自分で杖を突いて歩きまわれるほどには元気だった。タンレンから話には聞いていたが、またさらに体が小さくなられたと思って、あまりじろじろと見るのは失礼だと、ずっと視線を落としている。

「シュレイ、大きな声で話すのは疲れるから、すまないが近くに来てくれないか？」

「は、はい」

シュレイは慌ててベッドのそばまで歩み寄ると一礼した。

「久しぶりだな。元気そうで何よりだ」

フェイワンの視線は、自然とシュレイの首の包帯に行ってしまったが、敢えてそれには触れなかった。

「陛下もお元気そうで何よりです」

「それは皮肉か？」

「あ……いえ、失礼しました」

「いや、冗談だ。皆が思っているよりは元気だよ」

声は子供のようだが、懐かしいフェイワンらしい言い回しに、シュレイは思わず顔を上げてフェイワンを見た。目が合うと金色の瞳がニッと細められて、明るい表情で笑っていた。シュレイは無意識に安堵の息を漏らした。

「ところでお前を呼んだのは、頼みがあってのことだ」

「頼み……ですか？」

「ああ、しばらく職務を兼任してほしい……というか、兼任ではあるが王妃の側近の方は、一旦中断して別の仕事をしてほしいんだ」

それはシュレイにとって、酷く残酷な命令だった。側近の仕事を奪われたのかと、ショックを受けたが、顔には出さないように我慢した。そんなシュレイの心の内を見透かすように、フェイワンはじっとみつめていたが、何事もなかったように話を続けた。

「お前に頼みたいのは、工房の責任者の仕事だ。知っての通り工房の最高責任者はロンワンが務めていた。だがこんな状態で……ロンワンは特にオレの影響を強く受けてしまう。だからルイラン様もミンファ様も仕事が出来ない状態だ。それでタンレンが内務大臣だからという理由で、見てくれていたんだが……ラウシャンの代わりもしなければならなくなってね。とても手が回らない。そこでお前に頼みたいんだ」

フェイワンはそこまで話して、シュレイの様子を窺《うかが》った。明らかに不満に思っているのが分かる。兼任が不満なのではなく、側近の仕事を中断しろと言われたことが不満なのだろうと思った。

「もちろん手が足りなければ、ロンワンでなくても他のシーフォンで構わないのだが……工房は機織《はたお》りも、木工職もアルピンしかいない。職人だけではなく、それぞれの班長、工房長もすべてアルピンだ。荒ぶるシーフォン達の言動のせいで、今、城勤めをしてくれているアルピン達が怯えているんだ。お前ならばオレの影響を受けないし、何より側近として侍女や乳母の教育も担っているから、アルピンの指導に関しては、お前以上の適任者はいない。これからはしばらく貿易も控えるから、外務部のシーフォン達も工房には顔を出さなくなるし……お前に大事な職人であるアルピン達を守ってもらいたいんだ」

フェイワンは丁寧に説明をした。シュレイはしばらく考え込んでから口を開いた。

「恐れながら……貿易を控えるのに、工房を閉鎖されないのですか?」

「国内で使用する分は必要だろう。それに生産に追われないから、新しい手法を研究するいい機会でもある。手を休めれば、職人の腕も落ちると聞いた。出来れば働き続けてほしい」

シュレイはじっと俯いて考えていたが、やがて顔を上げてまっすぐにフェイワンをみつめた。

「承知しました。その役目をお引き受けいたします」

「ありがとう、助かるよ……もしもよければ明日からでも顔を出してほしい」

「はい」

シュレイは一礼をして、その場を去ろうとしたが、足を止めてまた考え込んだ。ぎゅっと拳が強く握られているのを、フェイワンは黙ってみつめていた。

「陛下……私は……側近として……お役御免《ごめん》ということなのでしょうか？」

シュレイは酷く苦しげに問いかけてきた。フェイワンは少しばかり笑みを浮かべた。

「馬鹿なことを言うな。リューセーの側近を育てるのに何年かかると思っているんだ。お前のような完璧な側近を、簡単にお役御免になどするわけがないだろう。誤解するな。言っただろう、兼任だと……今はリューセーがいないのだから、お前だって毎日する仕事も限られるだろう。そんなに毎日部屋の掃除も、ベッドメイクもする必要はないはずだ。王妃付きの侍女も、工房に連れていけ。仕事はたくさんある。連れていかないとまた奪われるぞ」

フェイワンが、勢いよく少し大きな声でそう言い放ったので、シュレイは思わず目を丸くしてしまった。そんなシュレイに、フェイワンは少し前のめりになって、ニッと笑いかけた。

「オレは少しも諦めちゃいないぞ？　リューセーは来る。必ず来る。その時のために、これ以上国を荒れさせるわけにはいかない。今まで培《つちか》ってきた職人達の技術を守らなければならない。だからこそ、今やれることに最善を尽くすんだ。シュレイ、お前の役目は大事だぞ」

「は、はい……失礼いたしました。せいいっぱい務めさせていただきます」

「王妃の部屋は、週に一度見に行ってやってくれ」

「はい」

シュレイは深々と頭を下げて、今度はしっかりとした足取りで寝室を去っていった。

それを見送ったフェイワンは、扉が閉まると大きく溜息をついて苦笑した。

「タンレン……シュレイは全然憔悴していなかったぞ？」

そう独りごちてニヤニヤと笑った。


その夜、シュレイは自室でずっと考え込んでいた。王妃付きの侍女達への説明も済んで、今後の仕事のやり方も話し合うことが出来た。明日からは工房に行くつもりだ。

すべてを完璧に整えて、自室に帰るなり気が抜けたようにぼんやりとしている。

「たぶん……これはタンレン様が計画されたのだろう」

ポツリと呟いた。考えていたことが口に出たのだ。自分では意識していない。

シュレイはフェイワンから命じられた後、ずっと考えていた。なぜこのタイミングで、新しい仕事のことを命じられたのか……フェイワンの説明におかしなところはひとつもない。あれも確かに本当なのだろう。だが……と、シュレイの脳裏にはタンレンの姿がちらついてしまう。

タンレンは、もう近寄るなと言った。狂ってまた何をするか分からないと言った。あんなに憔悴した顔で……一睡もせずに自分を責め続けていたのだろう。冷たく別れを告げたのも、シュレイのためだ。

これは自惚《うぬぼ》れなどではない。今までずっとなぜ自分のような者が、タンレンに大切にされているのか分からなかった。タンレンにはもっとふさわしい人がいる。自分よりも何十倍も良い相手がたくさんいる。あの時まで、本当に愛されているのか疑問に思っていたくらいだ。

だけどタンレンに対しては、揺るがぬ信頼がある。おかしくなったからと言って、簡単に心変わりしてシュレイを捨てるような人ではない。

狂気に駆られて愛していると叫びながら、シュレイを殺そうとしたのだ。その愛は本当だと分かったし、シュレイも嬉しいと思えた。殺されてもいいと思った。

だからこそ……タンレンが、シュレイを手に掛けようとしたことへの贖罪《しょくざい》として、自分を罰してシュレイを手放すというのならば、これがいい機会だと思った。

タンレンには、目を覚ましてもらって、もっとふさわしい相手と結ばれてほしい。幸せになってほしい。そうすればシュレイとのことも、ひと時の熱病のようなものだったと、思い出にしてくれるだろう。

自分は大丈夫だ。今までと同じように何も考えなければいいだけだ。タンレンのことで、もう心を惑わされることもなく、仕事に専念出来るだろう。

あの夜……自分を殺したいほど独り占めしたいと想ってくれる人がいたのだと……その思い出だけで生きていける。

タンレンには、返しきれないほどの恩がある。今回の役目もきっとそうだ。シーフォン達からの嫌がらせから守ろうとしてくれたのだ。もうそばにいることは出来ないから……。

「タンレン様のために忘れよう。考えるのをやめよう。私はただの慰み者だった……そう思うことにしよう。私がそばにいればタンレン様を苦しめるだけだ。何もなかった。もうタンレン様のことは考えない。この傷が癒えれば……きっと忘れられる」

シュレイは包帯の巻かれた首を、そっと摩った。

そして無意識に胸を押さえていた。酷く寒かった。胸にぽっかりと穴が空《あ》いたような気がした。

「これは……知っている……かあ様を亡くした時と同じ気持ちだ」

シュレイはそう呟いて、胸を押さえる手の上に、ポタリと雫《しずく》が落ちて濡れたことに気づいた。驚いて顔に触れると、涙がポロポロとこぼれていた。

「泣いたのなんて……何年ぶりだろう……」

シュレイはそう呟いて、両手で顔を覆った。

大丈夫、大丈夫、こんなのはすぐに平気になる。寂しくなどない。考えなければいい。楽しい思い出も、悲しい別れも、忘れてしまえばいいのだ。もう慣れている。平気。
シュレイは自分自身でずっとそう言い聞かせ続けていた。

守屋龍聖が、大和の国より降臨するのは、これから二年後のことである。

黄金の血

エルマーン王国王城内、王の私室。

居間に置かれた大きなテーブルの上に、何冊も本を置いて龍聖が熱心な様子で勉強をしていた。そばにはシュレイが立ち、龍聖が書いているものをじっとみつめている。

「もう私がお教えする必要がないほど、完璧に文字もお書きになれますね」

シュレイが真面目な顔でそう言うと、龍聖は手を止めて苦笑した。

「さすがにこの国に来てもう四年だし、たくさん勉強したからね。文字くらいは書けるようにならないと……エルマーン語は……というか、まあこの世界の言葉はある程度共通していて、訛《なま》りや独自の単語や意味の違う言葉はあるにしても、どこの国でも通じるでしょう？　それに文字自体は、オレの世界のローマ字表記に通じるところがあって、いくつかの特殊な表記以外は、こうして話をする発音の通りに文字を書けばいいから覚えやすいんだよね。文字も五十音に近いし……」

龍聖は自分が書いた文章をみつめた。

「それにリューセー様は、とても綺麗な文字をお書きになります。決してお世辞ではなく、書庫学者達が惚れ惚れすると言っておりました」

「そうかな？　まあ向こうにいた頃は、長いこと書道を習っていて、字が綺麗だって普段から褒められていたけど、エルマーンの文字でもそれが発揮出来ているなら嬉しいよ」

龍聖は少し頬を染めて、照れくさそうに笑った。

「少し休憩にいたしませんか？」

「そうだね」

龍聖はうーんと大きく伸びをした。それを見たシュレイは、くすりと笑って侍女にお茶の用意を頼んだ。

龍聖は机の上を簡単に片づけて、頬杖をつきながら溜息をついた。

「文字や言葉を覚えたのもそうだけど……最近、こういう王妃様待遇に慣れてきているのも、自分ではどうかと思うんだよね」

「どういうことですか？」

龍聖が溜息交じりに言った言葉の意味が分からないのか、シュレイは侍女が運んできた茶器や菓子の皿をテーブルに並べながら尋ね返す。

「侍女達やシュレイが、何から何まで世話をしてくれることにだよ。着替えの手伝いから食事の世話まで、全部してもらうのが当たり前のようになってしまっている自分が怖いよ」

「なぜ怖いのですか？」

シュレイは全く分からないという表情で、龍聖の前にお茶が注がれたカップを置いた。

「オレは向こうの世界では、普通の庶民だったんだ。この国で言うとアルピン達と同じじってことだよ。普通の家庭で……いや、まあ家はめちゃくちゃ大きいんだけど、でも貧乏で……生活水準としては中流家庭より少し下だと思う。ぎりぎりの生活だから贅沢なんて出来なかったし……オレは学生の頃から働いていてお金を稼いでた。母親も働いていたから、家のこともやっていたよ。料理とか掃除洗濯とか……自分のことは自分でやるのが当たり前で、人に頼むなんてことは出来ないし、むしろ苦手というか……学校や職場でも、あまり人に頼ることはなかった。そんなオレがさぁ……今ではお茶ひとつ自分で淹《い》れないなんてさぁ」

龍聖はまた溜息をついて、お茶を一口飲んだ。

「どんどんズボラで怠惰な人間になってしまいそうで怖いんだよ……あ、ズボラっていうのはだらしない人のことだよ」

龍聖が自嘲気味に笑みを浮かべて言うと、シュレイはとても驚いたように目を丸くした。

「リューセー様が怠惰な人間になるはずがありません！　こんなに勉強熱心で努力家だというのに……リューセー様は何もかも抱え込みすぎるのです。あちらの世界で、そんなにご苦労をされたのは、儀式をして降臨するのが遅れたせいだと思います。すべてが順調であれば、竜王の加護で守屋家も安泰のはず……それに適材適所という考え方もあります。リューセー様にはリューセー様にしか出来ない役目があるのですから、それ以外は出来る者がやればいいのです。この城には侍女も兵士もたくさんいます。私もリューセー様専属の側近です。周りにこんなにも働ける者がいるのですから、リューセー様がやらなくてもいいことについては、何もお考えにならずとも大丈夫なのです」

シュレイが力強く熱弁するので、龍聖は呆気に取られていた。

「あ、うん、そうだね。ありがとう」

龍聖は少し圧倒されながらも、笑顔で礼を述べた。

「失礼いたします」

そこへ赤子を抱いた女性が入ってきた。

「リューセー様が休憩されていると伺いましたので、シェンファ様をお連れいたしました」

シェンファ付の乳母が、龍聖の下へシェンファを連れてきたのだ。

「ああ、ありがとう。シェンファ、ご機嫌いかが？」

龍聖は乳母からシェンファを受け取り、手慣れた様子で腕に抱いた。

「赤子の扱いにも慣れていらっしゃいましたね」

シュレイがそう言うと、乳母も同意するように頷いている。龍聖は苦笑して首をすくめた。

「さっきの文字の話ではないけど、これだって四年も赤ちゃんの面倒を見ていたら、さすがに慣れてくるよ。シェンファは四年経ってもずっと赤ちゃんのままだからね」

龍聖は笑顔でシェンファに語りかけながら、柔らかい白い頬をそっと指で突いた。シェンファは大きな目をクルクルと動かしながら、龍聖の顔と乳母達の顔を交互に見て、ニパッと笑う。

「普通の人間なら、四歳だともう元気に走りまわるし、女の子だったら生意気な言葉を言ったりする年頃なんだけどね。シェンファはまだようやくハイハイが出来る程度だもんね」

龍聖がシェンファの頬に口づけると、シェンファが声を上げて笑う。

「少しずつですが、きちんと成長なさっていますよ」

乳母がそう告げたので、龍聖はシェンファを高く抱き上げて、しばらく何か考えるような顔でみつめた。

「まあ確かに……重くなっているんだろうけど……生まれたのは四年も前で、新生児だった時にどんなだったか思い出せないなぁ……ねえ、身体測定とかはしているの？」

「身体測定……とは何でしょうか？」

乳母が首を傾げながら助けを求めるようにシュレイを見た。シュレイも初めて聞いた言葉のようで、困った顔で首を傾げる。

「リューセー様、申し訳ありません。身体測定とはどういうものなのでしょうか？」

「エルマーン語の単語にはそういう言葉はないかもしれないから、オレの世界の言葉と同じ意味合いの単語を作って言ってみたんだ。だから知らない言葉だろうけど、意味は今言った言葉の通りだよ。身体測定……身体を測定する。体の大きさや重さを測るってことだよ」

龍聖が説明をしたが、それでも理解が追いつかないようで、二人が困惑の表情で返事に困っている。

龍聖も「あれ？」という顔でしばらく考えた。

「そういえば……この世界で体重計や身長計を一度も見たことないな……まさか……ねえ、シュレイ、身長はどれくらいあるの？」

「身長？」

「背の高さだよ。シュレイはどれくらいの背の高さなの？　オレとそんなに変わらないくらいだよね？」

「そ、そうですね。リューセー様はご自分の背の高さがどれくらいかご存じなのですか？」

シュレイが戸惑いつつ聞き返してきたので、龍聖はニッコリと笑って頷いた。

「もちろん。オレは百七十五センチメートル……っと、えっとエルマーン王国では、歴代の龍聖の影響で尺貫法《しゃっかんほう》をそのまま使っているから……えっと……五尺八寸くらいだよ。服を作るために体の採寸はするのに、身長を測らないなんて面白いよね」

龍聖は一人でクスクスと笑っているが、シュレイと乳母はまだ困惑の表情でいる。

「リューセー様……それで背の高さを測って、それをどうなさるのですか？」

「どうするのかって言われるとどうもしないよ」

あっけらかんとした顔で、龍聖がそんな風に答えるので、シュレイはますます困惑の色を濃くする。

そんなシュレイ達の反応を見て、龍聖が「ごめんごめん」と笑いながら謝った。

「大人になると身長よりも体重の方が大事になると思うけど……それよりも、身体測定をした方がいいのは、子供の時なんだよ。成長の具合が分かるだろう？　オレの世界では、生まれてすぐから身長体重とかっていうのは、とても厳密に測定されてて、赤ちゃんの頃なんてひと月ごとに測るし、もう少し大きくなってからも一年に一度は測るのが習慣になっていたから……成人するまでずっとそうしているので、みんな成長が止まった大人になっても自分の背の高さを知っているんだよ」

龍聖の説明を、シュレイは真剣に聞いていた。

「それで子供の成長を厳密に測ることで、どのような効果があるのですか？」

「だって目に見えて分かるのって、すごく便利だろう？　すべての生まれた赤ちゃんの身長体重を、厳密に測定しておけば、平均値を出すことが出来るから、その子供が平均と比べて成長が遅いとか、体重が増えないのは体に異常があるのではないかとか、色々なことが分かる。もちろん成長には個人差があるけど、たくさんの人を測定すれば、平均値を正確に出すことが出来る。シーフォンはそれでなくても成長に時間がかかるんだから、成長具合がはっきりと分かった方がよくないかな？」

龍聖はそう言って、シェンファを両手で支えながら、テーブルの上に立たせるような格好をさせた。

「さすがに四歳だから、生まれた時よりは目に見えて育っていると思うけど、そういう感覚の話ではなくて、半年前に比べると五分《ぶ》も大きくなっているって分かったら嬉しくない？」

龍聖はそう言って「ね～」と、シェンファの額に、自分の額をくっつけた。シェンファがキャッキャッと笑う。

「リューセー様のおっしゃることが大体わかりました。それでは今日からシェンファ様の身長と体重を測って記録いたしましょう」

シュレイがようやく納得した様子でそう言ったが、龍聖はすぐには返事をせずに考え込んだ。

「リューセー様？」

「ねえ、せっかくだからシーフォンみんなの身体測定やらない？」

「え!?」

シュレイは絶句してしまった。

「なるほどな」

その夜、私室に戻ってきたフェイワンに、龍聖は身体測定の話を聞かせた。

昼間シュレイに提案した『シーフォンみんなの身体測定』については、再び困惑した顔で『陛下にご相談してからがよろしいかと』と言われてしまったからだ。

『別に悪い話ではないと思うけど……』と龍聖は思ったが、何事にも順序というものはある。シーフォン全員に何か新しいことを提案するには、長である竜王の判断が必要なことは確かだ。

龍聖は素直にシュレイの言葉を受け入れて、夜まで待ってフェイワンに話をした。

「確かに子供の成長が把握出来るのは、とてもいいことかもしれないな。だが大人も必要か？」

「そこは別に無理にとは言いません。実際のところ測定したところで、身体の成長は止まっていますし、何かに必要というわけではありませんから……だけど……子供達をこれから定期的に測ることになったら、自分達の身長体重も知りたいと思う人達は現れるのではないかな？　と思ったので、だったら全員一度、一斉にやってみるのもいいかな？　と思っただけです」

龍聖はそう言いながら、フェイワンをじっとみつめてニッと笑った。

「フェイワンは自分の身長を知りたくないんですか？　ちなみにオレは五尺八寸です。フェイワンとオレは頭ひとつ分くらい違うから、大体八寸の差かなぁ？　六尺五寸くらいじゃないかな？　と思ってます」

「ふむ」

ソファに並んで座り、龍聖がフェイワンの頭のてっぺんに右手を置きながらそう話すと、フェイワンは今ひとつ興味がないという顔をした。その顔を見て、龍聖が意外な思いに目を丸くした。

「本当にフェイワンは興味がないのですね？」

「ん？　いや……身体測定の話は面白いと思うし、子供の成長を記録するという話は、とても素晴らしいと思う。ただ単に、オレが自分の身長について、どうでもいいと思っているだけの話だ。お前よりも大きいんだ。それが分かっているだけで十分だ。正確に何寸、何尺大きいなどは、そこまで重要なことではないだろう？」

フェイワンが龍聖の腰をぐいっと強く抱き寄せて、自信満々という顔で言ったので、龍聖は小首を傾げた。

「それはそうだけど……たとえばタンレン様との身長差などは別に気にならないんですか？　タンレン様の方が少し高いと思うけど……ああ、フェイワンは大きさにはこだわらないんでしたね」

龍聖がポンッと手を叩いて、納得したように頷いたが、フェイワンは途端に顔色を変えた。

「おい、ちょっと待ってくれ……リューセー、今何と言った？　オレよりタンレンの方が大きいって？」

「はい」

「待て待て……そんなはずはないだろう。同じくらいか……もしかしたらオレの方が大きいだろう」

フェイワンが少しばかり焦っているような表情で尋ねたので、龍聖は「う～ん」と目を瞑《つむ》り、腕組みをして考えた。

「いや……少し……一寸くらいタンレン様が大きいと思います」

「分かった。そこまで言うならきっちりと測定をして、明確にしよう」

「フェイワン、自分の身長はどうでもいいんじゃなかったのですか？　オレより大きいんだから問題ないのでしょう？」

「それとこれとは話が別だ」

フェイワンがむきになって言うので、龍聖は戸惑いつつもだんだんとおかしくなってきて噴き出した。

「分かりました。みんなきちんと測定いたしましょう」

龍聖はフェイワンの頬に口づけた。


フェイワンは翌日、身体測定についてタンレンに相談し、タンレンからの提案で、まずは医師達に相談をした。医師達は身体測定という画期的な提案にとても深い関心を持ち、医学的に重要な資料になるので、大人も含めて全シーフォンに測定をさせたいと意見してきた。そのため定例会議にて、家臣達に医師達も交えて説明をして、近いうちに身体測定を行う旨を発表した。

「リューセー様、医師長が身体測定のやり方について相談したいと、面会を求めてきていますがいかがいたしますか？」

シュレイから尋ねられた龍聖は、ずいぶん一気に話が進展しているのだなと驚いた。龍聖がフェイワンに話をしたのは一昨日の夜だ。昨日タンレンに相談したという話は聞いていて、今日の会議でどうするか家臣達に説明するって言っていたけれど、医師長が『やり方について』の話が聞きたいと言ってきたのならば、もう身体測定の実施自体は確定なのだろう。

「オレはいいけど……どこで話をすればいいのかな？　えっと貴賓室に招いてもいい人？」

龍聖が考えながら尋ねると、シュレイはコクリと頷いた。

「基本はロンワンとの面会に使用する場所ですが、陛下の許可が下りている者とも面会が可能です。それに医師長ですから、この私室の中にも出入りは許されています」

「あ、そっか……じゃあ、今日はいつでも大丈夫だから、時間とかはシュレイに任せるよ」

「かしこまりました。それでは時間が決まりましたら、のちほどお知らせいたします」

シュレイは侍女を呼び、なにやら相談をした後、手紙を書いて渡していた。

それから二刻後に、医師長と面会することになった。

龍聖がシュレイを伴って貴賓室に現れると、ソファに座っていた中年の男性が立ち上がり深々と頭を下げた。

「医師長のラーソンと申します。何度かご挨拶は申し上げていましたが、こうして面会させていただくのは初めてです。お時間を賜《たまわ》り大変恐縮でございます」

「ラーソン、どうぞ顔をお上げください。私もこのようにお話をすることが出来て嬉しく思います」

龍聖は穏やかな笑みを浮かべて挨拶に応えると、先にソファに腰掛けた。それを待って、ラーソンも座り直す。

四年も経てば、龍聖も王妃としての自分の立場や立ち振る舞いにも慣れてきた。年上の相手についつい敬称をつけたくなるのも、なんとか我慢することが出来るようになった。

親しくしている間柄以外のシーフォンには、相手の立場に応じての立ち振る舞いが必要だ。いきなり親し気に、にこやかな笑顔を向けると、あまり面識のないシーフォンをかなり驚かせてしまうらしい。

銀行員としては、笑顔で接客が信条だったので、この高貴な立場の『穏やかな笑み』こと、微かに口角を上げて、口元だけで笑みを作る仕草を修得するのに、少しばかり時間がかかった。

「今日は、身体測定のやり方について、私の話を聞きたいとのことですね」

龍聖の方から話を切り出すのも、面会のマナーだ。下の者からいきなり用件を言い出すのは難しいらしい。

「はい、陛下から身体測定のご提案をいただき、それがリューセー様の発案だと伺いまして、我々医師団は大変感動しております」

「感動……ですか？」

「はい、身長や体重を計測し、その数値を集計して成長と健康状態の管理をするなど、我々にはとうてい考えつかなかったことです」

肩で切り揃えられた藍色の髪を揺らしながら、ラーソンが感極まった様子で語るのを、龍聖は唖然として聞くしかなかった。

身体測定をするのは、龍聖のいた世界ではごく当たり前のことだし、龍聖が発案したものでもない。そんなに画期的なこととも思っていなかったので、ここまで感動されるとは思ってもみなかった。

「ま、まあ……シーフォンは皆、恵まれた環境にいますから、生育不良に陥《おちい》るようなことはないと思いますが……親の立場からすると、うちの子は人並みに育っているのだろうかと不安に思う人もいると思います。私も……元は普通の人間ですから、シーフォンのように寿命が長いため、子供の成長もとても緩やかだということが分かっていても、なかなか慣れることがなくて、娘が順調に育っているのか心配に思うこともあります。たくさんの子供の身体測定をして、平均値が分かれば比較出来るし、安心出来ると思ったのです」

龍聖の説明を聞きながら、ラーソンは瞳を輝かせて何度も頷いている。

「いや、まさしくおっしゃる通りです。これで統計が取れれば、エルマーン王国の医学もさらに発展するでしょう。それで計測方法ですが、どのようなやり方をするのがよろしいでしょうか？」

ラーソンは尋ねながら、持ってきていた手帳を開いて聞き取りをする準備をした。

「そうですね。身長を測る際には出来るだけ細かく測りたいので、単位は一分まで測れるものがいいと思います。赤子は服の採寸に使うような紐状の計りで、三十歳以上の子供から大人くらいまでは、立って測定出来るものがいいと思います。たとえば目盛りを付けた板を壁に取り付けて……こう、そこにまっすぐに立って、頭の上に板を押し当ててそこが指す目盛りで、身長を測るのです」

龍聖は立ち上がり、壁の前に立って手で頭の上を押さえながら、身振りを交えて説明をした。

ラーソンとシュレイは、いきなり龍聖が立ち上がって移動したので慌てたが、ラーソンにはとても分かりやすかったようで、嬉々とした様子で手帳に一生懸命書き込んでいる。

「体重の方は……私はこの国での重さを測る道具に詳しくありませんから……人が乗っても大丈夫なものならばなんでも構わないと思います」

龍聖がソファに戻りながら、さらに重さを測る道具について説明したので、ラーソンは何か思い当たるものがあるのか、そちらも急いで書き込んでいた。

「リューセー様、もうひとつお伺いしたいのですが、リューセー様がいらした大和の国では、身体測定というのは身長と体重だけでしたか？」

「そうですね……身体測定ならば、あとは腹囲ぐらいかな？」

「リューセー様、そのおっしゃられようですと、身体測定の他にも何か検査があるのですか？」

ラーソンが身を乗り出すようにして尋ねてきた。

『めちゃくちゃ好奇心旺盛だよね……研究者って感じなのかな？』

龍聖は苦笑しそうになるのをこらえながら、平静を装ってしばらく考えた。

「そうですね……」

『視力検査なら問題ないかな？　でもシーフォンには近眼の人っていないよね。なにしろオレの近眼も治してくれたくらいだから……あとは健康診断だと、血圧とか心電図とかだから、そんなの出来ないし……』

「あっ……」

龍聖の中で閃《ひらめ》いたものがあった。慌てて表情を隠したが、しかしラーソンはそれを見逃さなかった。

「何かありますか？」

「あ、いえ……その……」

龍聖は聞いていいものかどうか迷いつつ、思い切って口を開いた。

「あの……これはこちらからの質問なのですが……この世界ではもう血液型というのは、医学的に判明しているのですか？」

おそるおそるというように龍聖が尋ねると、ラーソンはポカンとした表情で龍聖をみつめている。

「血液型……ですか？　血液というのは、身体を流れる血液のことで間違いありませんか？」

「はい、そうですけど……」

龍聖は、ラーソンの反応を見て、やっぱり失敗した！　と内心後悔していた。

「血液に型というのがあるのですか？」

「えっと……そうですね。血液は型という種類分けが出来ます。この世界の人間が、大和の国の人間と同じならば……ですが」

『えっと待てよ……あっちの世界の歴史だと、血液型のＢＯ式が発見されたのはいつ頃だっけ？　十九世紀？　二十世紀？　確か第一次世界大戦の頃にはすでにあったと思うから、一八〇〇年代にはあるはず……こっちの世界の文明水準としてどうなんだろう？　でも血液型くらいなら別に言っても大丈夫だよね？　シーフォンだし……他人の血を入れるなんて！　とかいう宗教的な騒ぎはなさそうだし……』

龍聖はすごい勢いで、ぐるぐると考えた。何よりも龍聖自身とても気になることがある。

『竜に血液型って果たしてあるのかな？』

それが気になっている。

「私の世界では、人間の血液には大きく分けて四つの種類がありました。一見同じ赤い血ですが、違う種類の血液が混じると固まってしまうので、体の中にその血を入れると死んでしまいます」

「血を入れるのですか!?」

ラーソンが驚きの声を上げたので、やはりこの世界にはまだ『輸血』というものはないのだと、龍聖は理解した。

「たくさん出血したら死んでしまうでしょう？　たとえ上手く傷口を塞いでも、失血死しては元も子もないので、足りない分は同じ型の血を持つ者から、血を分けてもらうのです。そうすれば死なずに済みます」

医学に関しては全くの素人《しろうと》だが、そんな龍聖でも分かる範囲で説明をした。相手も分からないことなのだから、この程度でも問題ないだろうと思った。

「なるほど……確かにそうですね。他人の血を入れることは考えたことがありませんでした」

ラーソンが真剣な顔で手帳に書き込んでいる。

龍聖はその反応を見て、少しばかり安堵した。

『やっぱり血を入れることに、特に騒いだりしなかったな』

「シーフォンは病気にはならないけど、怪我はしますよね？　外科手術などはやったことがあると思うのですが、どうしているのですか？」

「幸いなことに近年では、命を失うほどの大怪我を負った者はおりません。ただ手や足の欠損事故はあります。その場合は、リューセー様もおっしゃったように、失血すれば死にますから、命を優先するために傷口の縫合よりも、止血を目的として傷口を焼きます」

「では切れた手足を縫い繋ぐ手術はしないのですね」

「繋いだところで、もう二度と動きませんから」

ラーソンはそういって眉根を寄せた。

『そうか、オレも医学的に詳しくは知らないけど、手足を繋ぐ手術って、切れた神経も繋がないといけないから、進歩した医学でも確か難しい手術だよね……この世界では無理か』

「リューセー様」

ぼんやりと考え込んでいた龍聖は、呼ばれて我に返った。ラーソンがとても真剣な表情で龍聖をみつめている。

「大変恐れ入りますが、今の血液型についての詳しいお話は、日を改めてお聞かせいただけませんか？」

「え？　あ……それは……構いませんが……私は医者ではないので、そこまで詳しいことを知っているわけではありません」

「今と同じお話で構いません。実はお話をしてほしい相手がいるのです」

「話をしてほしい相手？」

「はい……実はその者については、別の機会にお引き合わせするつもりだったのですが……」

ラーソンはそこまで話して、チラリと龍聖の後ろに立つシュレイを見た。シュレイは不思議そうに首を傾げる。

「実は新しくリューセー様の主治医を任せる男がいまして……その者は現在リムノス公国に医学留学中なのです。陛下にはすでに報告済みでしたが、本人がいないことにはリューセー様にお引き合わせすることも出来ませんので、来月戻りましたら、シュレイ殿を通して改めてお引き合わせする予定だったのです」

「留学ですか……昔から、シーフォンの中で医師を目指す方は、他国で医術を学ぶという話は聞いていましたが……そのリムノス公国というのが、医学が進んでいる国なのですか？」

龍聖は一度シュレイの方を振り返り、確認するようにして尋ねた。シュレイは、龍聖と視線が合うと頷いてくれたので、詳しく話を聞いてもいいのだと判断して、龍聖はラーソンと向き合った。

「はい、かつてリムノス王国という、この大陸一の文化と商業が盛んな国がありました。大陸一の王立図書館を有し、様々な学問を教える学問舎には、世界中から学者や研究者が集まっていました。大きな商業組合があり、とても栄えていて……ですが二百年前に王家の血が絶えて、君主を失った国は混乱の中衰退し、リムノス王国は滅びました。でも当時商業組合の後ろ盾になっていた公爵家が、文化の喪失を危惧して、財産を投げ打って王立図書館と学問舎を守ろうとしました。それに感銘を受けた商人達が公爵を援護し、やがて君主に擁立《ようりつ》したのです」

「それでリムノス公国になったのですね」

龍聖が感心したように言うと、ラーソンが大きく頷いた。

「ではその……私の主治医になる予定の留学中の彼に、血液型の話をすればいいのですね？」

「はい、彼は天才です。きっと私よりも深く理解するはずです」

「天才ですか？」

龍聖は思わず聞き返していた。ラーソンは至って真面目だ。

「はい、以前から我が国にある薬草をもとにした薬学には、かなり精通していて、新しい薬の研究なども進めていました。怪我の治療の技術もずば抜けていて、先ほどお話ししたように欠損した腕の傷の縫合も、出来るだけ傷口を焼かずに、出血も最小限に抑えることが出来ます」

『スーパードクターだ！』

龍聖は胸の内でそう呟いてワクワクした。

「以前、ミンファによるリューセー様の毒殺未遂事件があったと思いますが……」

ラーソンがその話をすると、龍聖の表情が強張ったので、ラーソンは一瞬言葉を飲み込んだ。

「つ、続けてください」

龍聖が促したので、ラーソンは軽く会釈をした。

「それ以降、彼は毒薬についての研究を始めました。あらゆる毒を研究することによって、毒を早く見分ける術と解毒薬の研究を進めたのです。ですが我が国が所有する書物だけでは限界があると言って、二年前に留学したのです」

「そうですか……分かりました。そんなすごい天才医師に、私の素人同然の知識がどこまでお役に立つか分かりませんが……お話ししたいと思います」

龍聖はラーソンに約束をして、その日の面会は終了した。

それから十日後、エルマーン王国初の身体測定が行われた。大人も子供も男も女も、シーフォン全員が測定されるのだ。

「わ、私もですか？」

シュレイが嫌がるのを、龍聖が無理矢理受けさせた。

「シーフォンじゃなくても、シュレイはオレの側近なんだから、王族直属の家臣は測定しないと」

「リューセー様……恐れながらその理屈は全く意味不明です」

シュレイは不服そうにしながらも、しぶしぶ測定を受けた。

龍聖が測定結果を覗き込む。

「あ、オレより一分大きい」

「大した違いではありませんよ」

シュレイが宥めるように言ったので、龍聖は楽しそうに笑った。

「おい、きちんと測ったのだろうな？」

その時、不満そうに難癖《なんくせ》をつけるフェイワンの声が聞こえた。

「陛下、圧力をかけては医師がかわいそうですよ」

タンレンの宥める声も聞こえた。

列を作って並んでいるシーフォン達の間をかき分けて、龍聖はフェイワンの声のする方に向かった。

「フェイワン」

フェイワンの姿をみつけて駆け寄ると、身長計の前で憮然《ぶぜん》とした顔をしている。

「フェイワン、どうしたんですか？」

龍聖が尋ねると、フェイワンは気まずそうな表情に変わり、眉根を寄せて黙り込んでしまった。

「オレの方が、陛下より七分背が高かったので、測り方に問題があるのではないかと、文句を言っているところです」

タンレンが苦笑しながら説明をしてくれたが、ばらされたフェイワンはますます不機嫌な顔になる。

龍聖は呆れて、大きな溜息をついた。

「フェイワン、だから言ったでしょう？　タンレン様の方が少し大きいと。別にいいではないですか。貴方も身長など気にしないと言っていたでしょう？　竜王がこんなことで機嫌を損ねるなんて……」

「リューセー、人聞きの悪いことを言うな。オレは別にタンレンより背が低いことで機嫌を損ねているわけではない。ただきちんと測ったのかと確かめていただけだ」

フェイワンがむっとした様子で言い訳をしたので、龍聖はタンレンとシュレイと三人で顔を見合わせた。周囲のシーフォン達が困ったように遠巻きに見ている。

「フェイワン、それよりも部屋に戻りましょう。シェンファの身長と体重を測らなければなりません。一緒に見ましょう」

「あ、ああ、そうだな。それは行かなければ」

龍聖はフェイワンの手を握り、一緒にその場を後にした。

タンレンとシュレイは、一瞬顔を見合わせたが、シュレイが会釈をして、龍聖達を追いかけて行ったので、タンレンは「やれやれ」と呟いて苦笑した。


「リューセー、さっきのは別に……」

手を繋いで廊下を歩きながら、ふいにフェイワンが言い訳を始めようとしたので、龍聖はクスクスと笑った。

「分かっていますよ。貴方とタンレン様の間柄ですから……いつものようにふざけ合ってしまったんでしょう？　でもあんなにたくさんの人の前だと、誤解されてしまいますよ？」

「ああ、分かっている。測定する前に、タンレンと二人で戯言を言い合っていたから、つい……言った後に、医師が青い顔をしているのに気がついて、失敗したと思ったんだが……タンレンもどう収拾を付けようかと、迷っていたみたいだし……リューセーが来てくれて助かったよ。さすがは我が妻だ」

フェイワンは足を止めて、龍聖の頬に口づけた。

「ちょ……フェイワン……廊下ですよ！」

『シュレイも、護衛兵士もいるのに！』

龍聖が赤い顔で、早歩きになったのを見て、フェイワンはニコニコと笑いながら後を追った。

二人が私室に戻ると、乳母とシェンファが待っていた。

「よかった。測定はまだだよね？」

「はい、リューセー様がお戻りになってから、医師を呼ぶ手はずとなっております」

乳母の答えに、シュレイが頷いて侍女に指示をした。

「リューセー、とりあえず座って待とう」

フェイワンがソファに座って手招きをし、龍聖は乳母からシェンファを預かって抱き上げた。

「今日もご機嫌でよかったよ」

シェンファの顔を覗き込んで、龍聖が微笑みながらそう言った。フェイワンが待ち構えているので、ソファへ移動する。

「シェンファはご機嫌なのか？」

龍聖が隣に座ると、フェイワンもそう言ってシェンファの顔を覗き込んだ。

そこへ侍女が戻ってきて、シュレイに一言告げた。

「もう来たのですか？　早いですね……リューセー様、医師が参りました」

シュレイはシェンファをあやしている龍聖に声をかけた。

「え？　あ、はい」

龍聖はシェンファを抱いたまま立ち上がった。

「失礼いたします」

扉が開き、一人の白衣を着た男性が現れた。龍聖には初めて見る顔だ。

すらりとした長身で、鮮やかなオレンジ色のさらさらとまっすぐな長い髪を、頭の高い位置でポニーテールのように一つに縛っている。若く見えるが人間でいえば三十代前半ぐらいだろうか？

男はゆっくりとリューセーの前まで歩いてきて、その場で一礼をした。

『わあ……美人……っていうか男だからハンサムと言うべきだけど……クールビューティって感じ』

切れ長の涼し気な紫色の瞳が、まっすぐに龍聖をみつめている。

「初めてお目にかかります。ショーホウと申します。このたび新しくリューセー様の主治医に任命されました。何卒よろしくお願いします」

丁寧な挨拶の言葉を聞いて、龍聖は大きく見開いた目を、数度パチパチと瞬いた。

「え？　ではあなたがラーソンの話していた……え？　でも留学先から来月帰っていらっしゃるはずでは？」

龍聖は思わずシュレイを見た。シュレイも困惑の表情でこちらを見ている。どうやら聞いていなかったようだ。

「はい、そのつもりでしたが、医師長よりの書簡で、リューセー様から大変興味深いお話を伺えると知り、居てもたってもいられなくて前倒しで帰ってまいりました」

ショーホウはそう言って、少しばかり口の端を上げた。

『それって血液型の話のこと？　この人もしかして研究馬鹿？　スーパードクターだから？』

「本日はシェンファ様の身体測定のために参りました。リューセー様との面会はまだ申し込んでいませんので」

　ショーホウはそう言って薄く微笑んだ。

　その後手際よくシェンファの身体測定を済ませると、ショーホウは帰っていった。

「面白い男だろう？　だが腕は確かだ」

　フェイワンがそう言ったので、龍聖はほうっと息を吐いた。

「すっごく美人だったからびっくりしました」

「ん？」

　フェイワンが眉をぴくりと動かした。

「リューセー、ショーホウが何か言っていたが、あれはどういう意味だ？」

「別に……大した話ではありませんが、話すと長くなりますから……フェイワン、仕事に戻らなくてもいいんですか？　もう身体測定の混雑も落ち着いてきたところでしょう。さっきのこともありますから、王の威厳を保ってきてください」

　龍聖にそう言われて、フェイワンは仕方なく立ち上がった。

「分かったよ……今夜、ゆっくり聞かせてくれ」

　フェイワンは仕事に戻っていった。

だがそれから一刻もしないうちに、困った顔のシュレイが、ショーホウが本日中の面会を申し込んできたと告げたので、龍聖はとても驚いた。

「どうなさいますか？　こんな急な申し出はお断りしても特に問題はありませんが……」

「いいよ、帰国の日程を前倒ししてまで、早く聞きたい話なんでしょう？　正直なところオレに彼がそこまで期待するほどの話が出来るかどうか分からないけど……」

龍聖が承諾したので、ショーホウとの面会はその日の午後、二刻後に行われることが決まった。


約束の時間に、龍聖が貴賓室へ行くとショーホウが待っていた。

「急な申し出にもかかわらず面会をお許しいただきありがとうございます」

ショーホウが深々と頭を下げる。

「先ほどは言いそびれましたが、留学先からの無事の帰国、お疲れ様でした。我が国の医学のために学んできてくださりありがとうございます」

龍聖が労《ねぎら》いの言葉をかけると、ショーホウは思いがけない言葉に、少しばかり頬を染めて微笑んだ。

「過分なお言葉を賜りありがとうございます」

それから龍聖は、ラーソンに話したのと同じように、血液型の話をした。ショーホウは瞳を輝かせて聞き入っている。

「それで血液型はどうやって調べるのですか？　何か特別な薬品が必要なのでしょうか？」

「もちろん薬品を使うような調べ方もありますが……薬品がなくても調べる方法もあります。ただ……何度も言いますが、私は医師ではないし、専門的な知識もありません。今話していることは、私が大和の国にいた頃に働いていた職場の顧客に検査専門の医療機関があり、そこの担当との雑談の中で得た知識です。興味本位で聞いた素人の私に分かりやすいように解説してくれたことなので、きっともっと専門的に必要な技術があるのを省略して教えてくれたと思います。だから私が言う通りにやっても、必ずしも成功するとは限りません」

龍聖は真剣にそう訴えた。龍聖からすれば、竜族にも血液型ってあるのだろうか？　という軽い興味から尋ねた一言から始まったものだ。それこそ友人に、性格診断のつもりで「何型？」と聞いた感覚に近い。

占いや性格診断で、日常的に血液型を話題にするのは、日本人特有のことだと聞いたことがある。海外では『血液型占い』なんてないらしい。

こんなに大ごとになるとは思っていなくて、内心かなり焦っていた。

「リューセー様、承知しています。私は医師であるとともに研究者です。リューセー様からいただいた発想の種から、見事に成功の花を咲かせるために研究するのが仕事です。研究に研究を重ねて、何通りもの事例を作り、その中から確実な答えを導き出すまでは、実用化はいたしません。違う型の血液が混ざると死に至るのですよね？　命に関わることです。ご心配はいりません」

ショーホウは落ち着いた口調で、淡々と説明をした。学者らしい冷静な解説に、龍聖は少しばかり安堵した。

「分かりました。では調べる方法を教えます。血液は赤い液体に見えますが、実際は赤い色の赤血球という細胞と、血漿《けっしょう》という黄色がかった液体で出来ています。血液をこの二つに分離させて、別の個体から採取した血液と混ぜることで型を判別出来ます。エイという血液の血漿に、ビーという血液の赤血球を混ぜると赤血球は固まってしまいます。逆も同じです。でも別の個体から採取した血液でも、同じエイという血液ならば、その血漿に別のエイの赤血球を混ぜても固まらずに血液の色に戻ります」

龍聖は出来るだけゆっくり説明をした。自分でも混乱しそうになるので、確認しながら話さなければならなかった。

「私のいた世界では、エイ、ビー、オー、エイビーという四つの血液型がありました。エイにもビーにも混ざるのがオーで、どちらにも固まるのがエイビーです。シーフォンの血液の型がいくつあるか分かりませんが、それが完全に検出出来たら成功だと思います」

一生懸命手帳に書き込んでいたショーホウが手を止めた。

「血液の分離はどのようにすればいいかご存じですか？」

きっと尋ねてくるだろうと思っていたことを、ずばりと尋ねられたので龍聖はすぐに頷き返した。

「遠心分離の方法を使います。放置していても分離しますが、それではとても時間がかかります。泥水を一晩おけば、朝には底の方に泥が沈殿して分離しているでしょう？　あれと同じ考え方です。早く分離させるには、遠心の力が必要です。水の入った桶を、ぐるぐると回すと水はこぼれませんよね？　桶は引っ張られるような感覚があります。あの引っ張る力が遠心力です。水よりも重い泥は、遠心力で引っ張られて底に溜まります。検査する血液は少量ですから、少量のものをぐるぐる回す道具を作ることが出来れば、血液の分離は可能です」

ショーホウは黙々と手帳に書き続け、やがて満足そうに頷いた。

「リューセー様、ありがとうございます。とても素晴らしいお話でした」

「何かのお役に立ちますか？」

龍聖が不安そうに尋ねると、ショーホウはその紫の瞳をきらりと輝かせた。

「もちろんです。他人の血を体内に入れることが出来るという事実を知りました。それが可能であれば、失血死を伴うような大きな怪我でも助かる見込みがあります。特に我々にとって、もっとも憂うべき案件だった妊婦の死を回避出来るかもしれません。出産の際に時折大量に出血してしまうことがあり、それで命を落とす母親が、数年に一人は必ずいます。どんなに外科の技術を学んでも、これだけはどうしても助けられなかった。リューセー様、おかげで少しは明るい光が見えてきました」

ショーホウの話を聞いた龍聖もまた、とても明るい表情に変わっていた。

「そう言っていただけると嬉しいです」

龍聖の様子を見守っていたシュレイも、ほっと安堵の息を漏らした。

その日の夜、部屋に戻ってきたフェイワンが、全く話を忘れていなかったので、龍聖はもう一度血液型の話をしなければならなくなってしまった。

だがフェイワンは、半分ほど聞いたところで「オレは医師ではないから詳しく聞いても分からない。概要だけでいい」と言ったため、なぜ血液型の判別が必要なのか、輸血でどんなことが出来るのか、などを大まかに説明をした。

「なるほど、そういうことか……変わり者のショーホウが飛びつくわけだ」

「喜んでもらえたのはよかったのですが……まさかこんなに大ごとになるとは思っていなくて、焦ってしまいました」

ベッドにごろりと横になり、くつろいだ様子で話を聞いていたフェイワンが、ベッドの上で正座をしている龍聖に、右手を差し伸べた。龍聖がその手を何気なく摑むと、ぐいっと強く引かれ、バランスを崩して、そのままフェイワンの腕の中に倒れ込んだ。

「昔からリューセーは、我らシーフォンに知恵を与えてくれる存在だった。リューセーは、龍神様に仕えるためにあらゆる学問を習得しているのだと聞いた。シーフォンは元々竜だったこともあって、人間としては知識が足りない。この世の常識に疎い。そこに大和の国のあらゆる知識を習得したリューセーが、シーフォンに知恵を与えるために降臨する。今のエルマーン王国があるのは、すべてリューセーのおかげだ。そしてもちろんこれからも……今のエルマーン王国はお前の知恵で繁栄するだろう」

フェイワンは優しい声音で、そう語りかけながら腕の中の龍聖の髪を撫でる。

「オレは何も勉強していませんけどね」

「だがとても物知りだ」

「……オレのいた頃の大和の国は、過去の龍聖達の時代に比べて、周りにある情報量が格段に多いから、詳しく学ばなくても少しでも興味を持てば、上辺だけの浅い知識だけど様々なことを知ることが出来たんです。血液型の話だってそうです。オレは何の努力もせずに、浅い知識でみんなから尊敬されて……大変な努力をしてきた過去の龍聖達に申し訳なく思います」

フェイワンは龍聖の額に何度か口づけをした。

「先代のリューセー……オレの母のいた時代は、大和の国が大きく変動して、何もかもが変わったと聞いていた。君主も、制度も、生活様式まで、別の国のように変わってしまった。お前の生きた時代は、それよりもさらに大きく変わってしまっているのだろう。お前はとても頭がいい。お前が持つ知識の中で、我らに教えてもいいことと、教えない方がいいことを、いつも考えて選んでいる。オレはリューセーのそういう知恵に、守られていると信じているんだ」

フェイワンは優しく語りかけながら、龍聖の髪を撫で、額や頬に口づけて、唇を重ねた。龍聖はその優しく甘い誘惑に身を委《ゆだ》ねる。

服を脱がされて、肌を撫でられて、甘い息を漏らし始める頃には、難しいことなど何も考えられなくなっていた。

「フェイワン」

熱い息遣いで名前を呼ぶ。

体を愛撫するフェイワンの大きな手が、それに応えた。

指で撫でた後を、追いかけるように唇が吸い、舌が撫でる。じわじわとした疼《うず》きが、龍聖の体の奥に湧いてきて、次第に喘ぎ声が多く漏れ始める。

「あっあああっ……んんっ……あっあぁぁぁっ」

身悶《みもだ》えるように龍聖が体をくねらせる。フェイワンはしっかり腰を掴んで、下腹部を貪るように舌を滑らせて、足の付け根から硬く立ち上がる性器の根本までを、念入りに愛撫した。

「あっあっ……フェイワン……あっいやっ……」

泣くようなせつない声に、フェイワンの雄が荒ぶる。太い指が、下肢の間を割って、谷間の奥の後孔をまさぐった。指の腹で捏ねるように弄ると、孔《あな》が口を開ける。指を入れて温かい粘膜を撫でるように愛撫する。

「んんっんっ……あぁっ……んんっ……」

龍聖がぎゅっと唇を引きしめて、喘ぎを我慢している。耳まで赤くして、羞恥と欲望の狭間《はざま》で戦っているようだ。そんな抵抗など、すぐに意味をなくすというのに……。フェイワンはクッと口の端を上げて、下肢を抱え上げた。下半身が持ち上がり、赤く色づいた後孔が露《あらわ》になる。

その小さく開いた孔に、熱い昂りを押し当てた。抵抗を感じながらも、グイッと押し入れるとぬるりと入っていく感覚がして、やがてゆっくりと龍聖の熱い体内に飲み込まれていく。

「あああぁぁっあああっあっあっあっ……」

龍聖が顔をそらしながら大きく喘いだ。フェイワンが腰を揺するたびに、吐息と声が漏れる。

「リューセー……リューセー愛している」

フェイワンは激しく腰を揺すりながら、何度も愛しい名前を呼んだ。

気持ちが昂り欲情に駆られて龍聖と交わる時、フェイワンは酷く乱暴な気持ちになる。龍聖をめちゃくちゃに抱いてしまいたくなる。傷つけたいわけじゃない。ただ誰にも見せず触らせず、自分だけのものにしてしまいたいという独占欲だ。

一瞬訪れる衝動は、乱暴に投げ捨てる。頭の中はフル回転でその先を考えるからだ。その先にあるのは龍聖の泣き顔で、そんなものは微塵《みじん》たりとも求めていない自分を改めて確認して安堵する。

残忍な衝動はおそらく竜が持つ本能だ。決して自分の欲望ではない。

「あっあっフェイワン……あぁっフェイワン」

龍聖が求めるように名前を呼んだ。フェイワンは腰の動きを速めて、高まる欲情を限界まで高めて一気に放出した。

龍聖の中に注がれる精を感じながら、ゆっくりと抽挿して残滓《ざんし》まで絞り出し、龍聖の中から引き抜いた。

「リューセー、愛している」

本当はすでにそんな言葉では、この胸の想いを表し切れていないことも分かっているが、それ以上の言葉を知らないから、何度も繰り返すよりほかなかった。

「フェイワン……抱きしめて」

うっとりと囁く龍聖の言葉に突き動かされるように、その体を強く抱きしめた。

「フェイワン、愛しています」

「リューセー、愛している」


その後しばらくの間は、特に何事もなく穏やかな日々が続いた。

あれからショーホウが、血液型について何か調べているのか、分離する方法を研究しているのか、気にはなっていたが、自分から尋ねる勇気はなかった。

下手に関わって、自分の能力以上のことを期待されても困るからだ。手伝えることならば手伝いたいが、今回ばかりは本当に専門的な知識がない。医学なんてそれこそ命に関わることにうかつに口を出して、もし何かあったら責任の取りようもない。

この世界の人間が、この世界で出来る範囲で、研究して、道具を創って、それで成功するのを待つ

だけだ。失敗するのならば、この世界の文明にはまだ早かったということだ。

「オレが医師免許でも持っていたら、どっかの漫画かドラマみたいに、歴史を変えてでも協力したんだけどね」

窓の外の景色を眺めながら、龍聖は苦笑した。

「リューセー、いるか？」

「フェイワン？」

突然、王の私室にフェイワンが戻ってきたので、龍聖は驚いた。昼食時でもなければ、日暮れでもない。正確に言うなら、昼食まであと一刻半もある午前中だ。

「面白いものが見られるから来ないか？」

「面白いもの？」


フェイワンに付き合って部屋を出た。もちろんシュレイも一緒だ。フェイワンと二人で手を繋いで廊下を歩く。

「ジンヨンの所に行くんですか？」

どこに行くのだろうと思っていたが、中央の塔に続く階段を上り始めたので、もう行き先はひとつしかない。

「ああ、そうだ」

「面白いものってジンヨンに関係があるんですか？」

「大ありだ」

フェイワンはニッと笑ってウィンクをしたので、龍聖は少しばかりときめいてしまった。

長い階段を上り切り、最上階にある広い部屋に辿り着いたところで、カシャンッという何か硬質なものが落ちて、石造りの床にあたる音がした。

龍聖が「え？」と思うよりも先に、目の前に広がる光景に唖然とした。

「こ、これは一体なに⁉」

龍聖は思わず大きな声を上げていた。なぜなら広い部屋の床が金色に光っていたからだ。

「おい！　もう終わったか？」

フェイワンが部屋の主であるジンヨンに呼びかけた。するとグルルッとジンヨンが答える。

ジンヨンは後ろ脚で数回体をかいてから、ぶるりと体を震わせた。それから再びグルルッと鳴いた。

「もう部屋の中に入っても大丈夫だ」

フェイワンが龍聖に声をかけた。だが龍聖は、目を丸くして、じっと床をみつめている。冷静になってよく見ると、金色に光っていると思った床には、大きな金色の鱗《うろこ》がいくつも落ちていた。

「ジンヨンの鱗？」

「ああ、そうだ、数十年に一度、鱗が生え変わるんだ。本人はかゆいらしくて……さっきみたいにかいたり、体を振るったりして、古い鱗を落とすんだけど、見ての通りひとつひとつが硬くてデカいから、こんなものが飛んできたら危ないんで、完全に落ちた頃合いを見計らって連れてきたんだ」

「鱗の生え変わり！」

龍聖はさらに驚きの声を上げた。

『犬や猫の換毛期みたいなものかな？　いや、レベルがちょっと違うけど』

龍聖は驚きながらもその場にしゃがみ込んで、近くに落ちていた鱗をひとつ手に取った。鱗は確かに大きい。お盆かフライングディスククらいはある。それに硬い。鋼鉄みたいだ。だが重さはそれほどない。やはりフライングディスクだ。まるで純金製のように金色でピカピカしている。

「欲しいなら貰っていいぞ」

「え？　本当？　ジンヨン！　これ貰ってもいい？」

龍聖は立ち上がって、手に持っている鱗を高く掲げて見せた。

ジンヨンは目を細めて、グルルルッと鳴いて尻尾を少し振った。「いい」と言ってくれているのだと解釈して、龍聖は嬉しくて胸に抱いた。

「シュレイは知ってた？」

後ろに立つシュレイに話しかけると、シュレイも唖然としていることに気づいた。

「いえ、話には伺っていましたが、見るのは初めてです」

「すごいよね……フェイワン、これってジンヨンの体に付いている鱗全部ってこと？」

「いや……全部ってわけじゃない。生え変わっていない鱗もあるはずだ。だが半分以上はあるんじゃないかな」

「へえ～」

「フェイワン、貰いに来たぞ」

龍聖が感心していると、後ろから声をかけられた。振り返るとタンレンが笑顔で立っていて、その後ろの階段にはたくさんの兵士の姿がある。

「ああ、どうぞ持っていってくれ」

フェイワンは快く答えて、龍聖の手を引いて道を空けた。タンレンが頷き、兵士達に指示を出すと、ぞろぞろと兵士達が部屋の中に入ってきて、鱗を拾い始めた。

「片づけ？」

龍聖がその様子を不思議そうに見て呟いたので、タンレンが楽しそうに笑った。

「いえ、まあある意味片づけですが……我々国内警備団の兵士達のために鱗をいただきに来たのです。竜の鱗は加工して鎧《よろい》になるのです。剣も火も通さぬほど硬くて丈夫で、なおかつ軽いですからね。我が国の防具は世界最強なのです。これは他言無用ですけど」

タンレンがそう言って口元に人差し指を添えて笑ったので、龍聖は「へえ」と感心して頷いた。

「特に竜王の鱗は他の竜の鱗よりも大きいですから、とても貴重です。なので大喜びで貰いに来たというわけです」

「そうなのですね」

龍聖は話を聞きながら、嬉しそうに拾っている兵士たちの姿を眺めた。

「恐れ入ります。陛下」

また新たな声がした。見ると一人の青年が、緊張した面持ちで立っていた。淡い紫の長い髪を緩い三つ編みにしてひとつにまとめている。優しげな面立ちの若者だった。

「私も少しいただいてよろしいでしょうか？」

「ああ、ハルミンか。もちろん構わない。早くしないと兵士に取られてしまうぞ」

「は、はい。ありがとうございます」

ハルミンはペコリと頭を下げて、急いで鱗を拾いに走った。

「彼は？　兵士ではないと思いますけど……」

「彼は竜の子供の飼育担当者だ」

「竜の子供の飼育担当者!?」

「そうだ。前に少し話しただろう？　生まれた竜の子供は一ヵ所に集めて飼育しているんだ。それぞれの家庭で子供と一緒に育てるのは難しいからな」

フェイワンに説明をされて、龍聖は部屋の中で仔馬ほどの大きさにまで成長して、バサバサと羽を広げる竜の子供の姿を想像して「うへえ、確かに」と声を漏らした。

視線がハルミンの姿を追う。ハルミンは立ち尽くしている。鱗はすでに半分以上が回収されていて、残っている場所に兵士が集まっている。どうやらその群衆の中に入っていくのをためらっているようだ。大人しい性格なのだろうか？　シーフォンなのだから、彼が行けばアルピンである兵士達は、何も言わずに場所を空けてくれるだろうに……。龍聖はそんなことを考えながら見守っていたが、どうにも我慢出来なくなった。

「シュレイ、これを持っていて」

「リューセー様？」

龍聖は、自分の持っていた鱗をシュレイに預けると、鱗を探して走り出した。点々と拾い残しがあるのをみつけて、すばやく集めると四枚は手に入った。

「ハルミン、何枚くらい必要ですか？」

龍聖はハルミンに駆け寄って、拾った鱗を差し出しながら尋ねた。

「あっ……リ、リューセー様！」

ハルミンは突然目の前に龍聖が現れたことに驚いた様子で、頬を上気させて言葉を失っている。

「早くしないとなくなってしまうでしょう？　何枚くらい必要なの？」

「え、えっと……四、五枚あれば……」

龍聖はハルミンが二枚手にしているのを見て、安堵したように頷いた。

「じゃあ、これで足りるね」

龍聖は持ってきた四枚の鱗を渡して、ニッコリと微笑んだ。

「あ、ありがとうございます！」

ハルミンは感激して、何度も頭を下げた。

「リューセー様、いきなり走りだされたので心配いたしました」

シュレイが駆け寄ってきて、窘《たしな》めるように言われ、龍聖は「ごめんなさい」と苦笑した。

「リューセー様、我々は別に強欲ではありませんよ。ハルミンが拾えなかったら、こちらが拾った分から分けるつもりでした」

同じく歩み寄ってきたタンレンが、からかうような口調で言ったので、龍聖は赤くなって「ごめんなさい」と謝った。

「そう言うな。龍聖は優しいのだから、黙って見ていられず思わず体が動いたんだ」

フェイワンが最後にやってきて、龍聖を擁護する。龍聖は真っ赤になって首を振った。

「フェイワン、もういいから！」

龍聖の困った様子に、皆が思わず笑った。

「あの……リューセー様、本当に……本当にありがとうございました。リューセー様のお優しいお心遣いを一生忘れません」

「いや、本当にそんなに大したことじゃないから……それよりも、その鱗は何に使うのですか？」

「これは防具を作るために必要なのです」

「防具？　でも貴方は竜の子供の飼育担当なのですよね？」

龍聖は不思議に思って首を傾げた。

「はい、子供の竜は、甘えてじゃれついてきたりするのですが……子供とは言っても竜ですから、甘噛みでも竜の牙で噛みついたり、竜の爪で引っかいたり、火竜の子供は時折火を吐いたりするので、生身ではとても危険です。竜王の鱗で作った防具がないと、飼育担当の役目は務まらないのです」

ハルミンは穏やかな口調で語ったが、その内容に驚いて龍聖は変な声を上げてしまった。

「仔竜の託児所って、勝手にすごくかわいくて平和なところを想像していたんだけど、思った以上に過酷なんだ！　大丈夫？　辛かったら遠慮なく言ってね」

龍聖が親身になって言うと、ハルミンは笑顔で首を振った。

「大丈夫です。辛くなどありません。私は元々子供が好きなので、毎日がとても楽しいです」

「それならいいけど……そうだ。ぜひその子竜の託児所を見てみたいんだけど、だめですか？」

「え……それは……」

ハルミンがチラリとフェイワンを見た。フェイワンはハルミンと龍聖を交互に見て、微笑みながら頷く。

「別に構わないぞ……ただ、ハルミンが言ったように、犬猫とは違う。扱いには気をつけないと大怪我をするぞ」

「はい、分かりました。ハルミンがいてくれれば大丈夫でしょう。案内してくれますか？」

「は、はい、喜んで」

ハルミンが元気に答え、龍聖は嬉しくて微笑んだ。

「オレも一緒に行きたいところだが、残念だがこれから接見がある」

フェイワンが本当に残念そうな顔で言うので、龍聖は思わず噴き出した。

「お仕事頑張ってください。シュレイがいるから大丈夫です」

龍聖の返事に、フェイワンは少しばかり寂しげな顔をして、軽く額に口づけた。

「では行こうか、途中まで一緒に行こう」

「はい……あ、ちょっと待ってください」

龍聖はフェイワンを待たせて、ジンヨンの下に駆けていった。

「ジンヨン！」

龍聖が呼びかけると、ジンヨンは龍聖の足元の床に頭を置くような形で首を下げた。龍聖はその鼻先に一度抱きついて、なでなでと撫でる。

「ジンヨン、今日はありがとう。鱗は大切にするよ。また今度ゆっくり遊びに来るからね」

龍聖の言葉に応えるように、ジンヨンがグルルルルッと喉を鳴らした。

「じゃあね！」

龍聖はジンヨンに手を振り、フェイワン達の下に戻った。

「お待たせしました。では行きましょう」

タンレンが兵士を整列させて見送る中、龍聖はフェイワン達とともにジンヨンの部屋を後にした。

「リューセー様はさすがです。竜王にあのように接することが出来るなど……まさに竜の聖人たるお姿を拝見することが出来て、とても光栄です」

ハルミンが尊敬のまなざしで龍聖をみつめながら、そんなことを言うので龍聖は驚いてしまった。

「そんなことはないですよ。ジンヨンはフェイワンの半身なんですから、家族でしょう？　普通のことだと思います」

龍聖が慌てて反論したが、隣を歩くフェイワンが眉根を寄せて首を振った。

「リューセーはジンヨンに甘すぎる。鱗にしたって、ジンヨンには不要のものだ。捨てたものを拾って礼を言う必要はない」

「フェイワン、そんな言い方」

「ではオレはここでお別れだ。シュレイ、ハルミン、リューセーを頼んだぞ」

「はい、かしこまりました」

シュレイとハルミンは一礼をした。

「いってらっしゃい。お仕事頑張ってください」

龍聖はフェイワンに手を振って送り出した。

「さあ、では行きましょう」

龍聖のかけ声で、再び歩きだした。ハルミンの案内で城の北側にある塔へ向かう。

「普段は誰も近づけないのでしょう?」

「はい、預かっている子竜の家族は事前に申し込んでもらえれば入ることは出来ます。それ以外は陛下の許可がなければ誰も入ることは出来ません」

「シーフォンも？」

「はい、子竜に関係のないシーフォンは入れません。竜は半身です。大人に比べれば、子竜の方が殺すのは容易いです。シーフォンの命に関わりますから。たとえ悪意のないシーフォンであったとしても、万が一の事故も考えられます。出来るだけ関係のない者の出入りは避けるように、そこは徹底しているのです」

ハルミンの説明を聞きながら、龍聖は真剣な顔で頷いた。

「ということは、ハルミンはとても信頼されてこの役に任命されたのですね」

龍聖の言葉が思いがけないものだったのか、ハルミンは大きく目を見開いて足を止めた。

「あ……リューセー様……ありがとうございます」

頬を上気させて感極まった表情のハルミンの肩を、龍聖は笑顔でポンッと叩いた。

再び歩きだしてしばらくすると、塔の入り口が見えてきた。入り口の前には二人の兵士が立っている。だが兵士の横にもう一人意外な人物がいた。

「あれ？　あれは……ショーホウ」

龍聖が驚きの声を上げると、ショーホウも龍聖を見て、意外そうな表情を一瞬したがすぐに冷静な表情に戻り一礼をした。

「リューセー様、その節はありがとうございました」

「その後研究は進んでいますか？」

「はい、リューセー様が陛下にお口添えくださったおかげで、とても順調に進んでいます。今はシーフォン全員から血液を少しずつ採取させていただいているところです」

「口添えって……私は特に何もしていません。フェイワンはとても寛容なので、話を聞いてすんなり許可してくれました。研究が進んでいるのならばよかったですね」

龍聖とショーホウの会話を、ハルミンは黙って聞いていたが、ショーホウの視線が自分に向けられると、少し緊張した面持ちで一礼をした。

「あの……お医者様ですよね？　初めてお目にかかります。子竜の飼育担当をしているハルミンと申します」

「リューセー様の主治医のショーホウです。今日は貴方に用があって待っていました」

「えっと先ほどおっしゃっていた血液の採取でしょうか？　私の？」

緊張した面持ちでハルミンが答え、ショーホウは真面目な顔で首を振った。

「いいえ、今日は子竜から血液を採取させていただこうと思って参りました。陛下からいただいた入室許可証はこちらです」

ショーホウがそう言って、懐《ふところ》から書簡を出してハルミンに渡した。

「子竜からも血を採るのですか？」

龍聖が驚いて聞くと、ショーホウは「はい」と冷静に答えた。

「我々の半身ですから、人間の体との違いはあるのか調べたいと思っています。ただ成竜は鱗だけではなく皮膚も硬いので採血が難しく、専用の器具を作るところから始めなければならないので、準備中といったところです。ですから先に皮膚の柔らかい子竜から採血したいと思っています」

ショーホウは、淡々と丁寧に説明をした。

「なるほど……徹底しているのですね。研究結果が出るのを楽しみに待っています」

龍聖が感服したというように、吐息交じりにそう告げると、「おそれいります」とショーホウは一礼をした。

「分かりました。ショーホウ様、ただし採血には条件があります。おそらく子竜は暴れると思いますので、防具を着けてください。ショーホウ様がお怪我をされてはいけませんし、万一怪我をされた時に、痛みで咄嗟に子竜を投げ出すなど乱暴に扱って、子竜が怪我をするのも防ぎたいからです」

温和そうなハルミンが、厳しい表情できっぱりとそう言ったので、龍聖は「おお」と心の中で感嘆した。

「承知しました。それでは準備を整えてから改めて参ります。半刻ほどお待ちください」

ショーホウはそう言って、龍聖に再び一礼をしてどこかに去っていった。

「ハルミン、今日のところは見学はやめておきます。見知らぬ部外者が何人も部屋に入ったら、子竜達が緊張するでしょう。採血の邪魔になると思いますから……また日を改めて見学させてください」

「お気遣いありがとうございます。私の方はいつでもお待ちしています」

ハルミンが深々と頭を下げたので、龍聖は手を振って私室に戻っていった。


それから半年の月日が流れた。

龍聖は日々の生活に追われて、すっかり血液型問題のことを忘れていた。そこへショーホウから面会の申し込みが来たのだった。

申請はフェイワンと龍聖の両方宛だったため、面会はフェイワンの執務室で行われることになった。

龍聖がシュレイとともに、執務室に到着すると、ちょうどショーホウが、フェイワンに挨拶をしている最中だった。全員が揃ったということで、執務室の中央にあるソファに向かい合わせで座り、早速ショーホウの話を聞くことにした。

「本日は、例の血液型について結果が出ましたのでご報告に参りました」

「え!?　出たんですか？」

「はい」

驚く龍聖に、ショーホウは自信ありげに頷いた。フェイワンが「報告を聞こう」と言うと、ショーホウが報告書をテーブルに広げる。

「結果を先に申し上げますと、シーフォンの血液型は二種類あります。いや、正確に言うと三種類です。敢えて言い直しましたが、理由について説明をいたします。まず二種類の血液型については、人間の体と竜の体、それぞれ血液型は一種類です」

「それぞれ一種類!? では……人間の方のシーフォンは全員同じ血液型ということですか?」

「はい、それで不思議なのは半身であるはずなのに、人間と竜では違う血液型だということです。これについては普通の人間の血液型がいくつか種類があるというのとはまた違うようです。血液の組織自体が違う……という言い方が正しいかもしれません。竜の体の方は食物を摂取しません。おそらく半身と魔力で繋がっているのです。そのあたりに何か理由があるのかもしれません」

ショーホウの話を聞きながら、フェイワンと龍聖は真剣な顔で考え込んでいた。

「ではシーフォン同士、竜同士は輸血が可能なのですか?」

「はい、可能です」

龍聖の質問に、ショーホウは自信を持って答えた。

「組み合わせを変えて、何百通りも実験を行いましたので、間違いありません」

「そうですか」

龍聖は納得して頷いた。

「ちなみに現在はアルピンの血を採取して、シーフォンの血液型との違いを研究中です。今のところアルピン五十人から採取した血液で試したところ、すべてが適合しなかったので、おそらくシーフォンとアルピン……いえ、この世界の人間の血は全く別のものだと思われます」

「それで……三種あると言ったもうひとつはなんだ？」

フェイワンが先を促すように尋ねたので、ショーホウは頷き返した。

「もうひとつは、陛下とリューセー様、そして竜王ジンヨンが同じ血液型になります」

「え⁉」

龍聖は驚いてフェイワンと顔を見合わせた。

「驚くべきことはもうひとつあります。このみっつ目の血液は、他のふたつと適合するのです。ただしシーフォンの血は、陛下方には輸血できませんし、竜の血も陛下方には輸血出来ません。陛下とリューセー様と竜王ジンヨンの血が、すべてのシーフォンと竜達を救うことが出来るのです。これは大変感銘深い結果です。私はこの偉大なる第三の血液型を『黄金の血』と呼びたいと思います」

「黄金の血……」

龍聖は自分の両掌をじっとみつめながら呟いた。

『やっぱりオレ、もう人間じゃなくなってたんだ』

ぼんやりとそんなことを考えた。

「シェンファはどうなんだ」

フェイワンがそう尋ねたので、龍聖は我に返りショーホウをみつめた。

「残念ながら、シェンファ様はシーフォンと同じです。おそらく今後生まれてくるお世継ぎだけが、黄金の血を持たれるのだと思われます」

「魂精が関係しているのか？」

「もしかしたら……ですが」

「ふむ……ん？　リューセー？　大丈夫か？」

ぼんやりとしている龍聖に気づき、フェイワンがそっと肩を叩いて声をかけた。

「あ、はい、大丈夫です。すみません、ちょっと驚いてしまっただけです。ショーホウ、よくここまでやりましたね。医師団の研究に対する情熱に感銘を受けました」

龍聖が笑顔で称えて、フェイワンも同意するように大きく頷き右手を差し出した。ショーホウは感無量という表情でフェイワンと握手を交わした。


「リューセー、本当に大丈夫か？」

ショーホウが去った後、フェイワンが龍聖の肩を抱き寄せて囁いた。

「え？　何がですか？」

「さっき、なんだかぼんやりと考え込んでいただろう」

フェイワンの心配そうな顔を見て、龍聖はん？　と首を傾げてから「ああ……」と苦笑した。

「本当になんでもないんです。ただぼんやりしていただけで、別に考え事なんてしていないんですよ。ただ……オレの血もフェイワン達と同じ『黄金の血』だと言われて、ようやくというか、初めてオレは自分の体がもう普通の人間の守屋龍聖ではなくなったんだなって……そう自覚させられたところだったんです」

「ようやく？」

フェイワンが今ひとつ分からないという顔で聞き返したので、龍聖は微笑んでフェイワンに凭れかかった。

「オレはフェイワンと契りを交わして、竜族と同じような体になったじゃないですか？　長命になったし、子供も産める体になったし……本来ならそれだけでも十分、もう以前の体ではなくなっていると分かっていたはずなんですけど、今ひとつ実感がないというか……だってそれ以外は全然今までと変わらなくて、魔力が使えるわけでもないですしね」

龍聖は自嘲気味に笑った。

「だからと言って『黄金の血』だと言われて別に嫌だというわけではないんですよ。なんかむしろ……やる気が出るというか、竜王の伴侶としてオレは頑張るぞ！　みたいな感じになっています」

龍聖は両腕を上げてガッツポーズをした。フェイワンはクスリと笑って、大きな溜息をついた。

「オレは逆に『黄金の血』なんて言われて、その呼び名は嫌だなって思ったけど」

「え？　なんでですか？　ラスボスの隠しスキルみたいじゃないですか」

「ラスボス？　かくしすきる？」

「まあまあ、とにかくもしもの時は、オレの血でフェイワンや子供を救えるのだと分かっただけでも安心しました」

初めて聞く言葉に首を傾げるフェイワンと、笑って誤魔化そうとする龍聖が、みつめ合って口づけを交わした。

「今回もまたお前が活躍したな」

「今回も？　オレは別に何もしていませんよ。さてと……フェイワンはまだ仕事ですよね。お邪魔しました」

「そんなに慌てて帰らなくてもいいんだぞ？」

「オレはこれからジンヨンと約束があるんです」

「は？　なんだそれは？　聞いてないぞ！」

「シュレイ、行こうか？」

「はい、リューセー様」

龍聖はすっくと立ち上がり、フェイワンに手を振って歩きだした。シュレイがフェイワンに一礼をして、龍聖の後に続く。

「おい！　リューセー！」

「ねえ、ところでシュレイの血液型は何か聞いた？」

「はい、私はシーフォンと同じだそうです」

「やった！　じゃあ、シュレイのこともオレが助けるからね」

「リューセー様……お言葉ですが、私はリューセー様のお役に立てないことが、とても不満なのです」

「まあまあ……」

二人が仲良く話をしながら執務室を出ていくのを、フェイワンはぽかんとした顔で見送った。

「まったくもってオレも不満だ」

フェイワンはソファにふんぞり返ると、忌《い》ま忌《い》ましげに呟いた。

ふとテーブルの上に置かれた報告書をみつめる。

「黄金の血か……確かに、もしもの時にオレの血がリューセーや子供を救えるのだと分かっただけでいいか」

フェイワンは頬杖をついてニヤリと笑った。

黄金の衣

エルマーン王国の上空を、金色の竜がゆっくりと旋回《せんかい》していた。

時折体を斜めにして急降下をしたり、大きな翼を羽ばたかせて急上昇したり、自由に空を舞っていた。

しかし金色の竜、竜王ジンヨンはなんとも気分がよくなかった。それは今に始まったことではなく、もう数日前からずっとそうだ。

なんだか居心地が悪い。

いや、『居心地』という言葉は的確ではない。しかし今のその感覚をどう言い表せばいいのか分からない。

なんとも……とにかくなんとも『居心地が悪い』のだ。

それを振り払うように、朝からずっと空を舞っている。高い高い空の上は空気も薄く風も鋭い。このなんとも言えない『居心地の悪さ』が解消されるのではないかと、色々な飛び方をしている。

だがやはり一向にそれは解消されなかった。

そろそろ日も沈み始めて、茜色《あかねいろ》の空が紫を帯びた色に変わりつつある。明るい星がいくつか瞬き始めていた。

ジンヨンは夜中だって飛ぶことは出来る。鳥ではないのだ。暗くても別に支障はない。支障はないのだが……目的もなくただエルマーン王国上空の限られた空間を、籠の鳥のようにぐるぐる回っているだけではさすがに飽きるというものだ。

『今日はもう帰ろう』

ジンヨンはそう思ってゆっくりと高度を下げて、城の中央にそびえる塔に降り立った。

ドスドスと数歩歩いて翼を畳み、天井から下がっている大きな鎖を口に咥えて、グイッと引っ張った。するとガラガラという大きな金属の歯車が回る音がして、大きく開かれた壁の一部が閉じていく。

やがて完全に扉が閉まると、静寂が訪れた。

今夜は月が明るい。

天窓から月の光が射し込んでいた。広々とした円形の部屋に、薄らとした明かり代わりになっている。

ジンヨンは床に寝そべり、長い首と尻尾を丸めて目を瞑る。

今日はよく飛んだ。一日中飛んだのだから、よく飛んだと思うのも当然だろう。しかし……。

ジンヨンは、グルッと唸るように喉を鳴らして、フンっと勢いよく鼻息を吹いた。

『居心地が悪い』

やはり……やはりなんとも悪い。どうすればすっきりするだろう。目を閉じてしばらく考えた。そうだ……と閃いた。

念を飛ばして半身に呼びかける。

『おい、フェイワン』

『なんだ』

『明日、少し遠くまで飛びたいんだが、オレがいなくて困ることはあるか？』

『ない！　何もない！　まったく何もない！』

『……』

まったく我が半身ながら可愛げのない男だ。色々と苦労したのは気の毒に思うがそれとこれとは別である。自分の半身との会話くらいもっと、優しい気配りも出来ないのか？

まあいい。オレは寛大な男だから、これくらいのことは別に気にしない。うん、まったく気にしない。まったく……。

リューセーを独り占めしてやろうか？

まあいい。明日こそ、このなんとも居心地の悪い妙な感じとは、おさらばするのだ。

ジンヨンはぶつぶつと独り言を呟きながら、眠りについた。


翌日、ジンヨンは朝から空へ飛び立った。しばらくの間はエルマーン王国の上空を飛んで、竜達が大人しくしているかを監視していたが、特に何も問題なさそうだと判断して国外へ飛び立った。

行き先は西方だ。海を目指す。人間なら馬を使っても十日以上かかる道程も、ジンヨンがひとっ飛びすれば一刻余りで到着する。

西の海岸線が見えてきた。ジンヨンはさらに速度を上げる。海に着いたので、ジンヨンは少しばかり高度を下げた。周囲に島や船がないことを注意深く確認した。

どこまでも見渡す限りの青い海だ。大陸から離れて、周囲に島もない場所に来ると、海の色が変わる。とても濃い青だ。かなり深い海だということが分かる。

『これくらいならばいいか？』

ジンヨンはさらに高度を下げて、周囲を見回してもう一度船の姿がないことを確認した。

『よし』

ジンヨンは、勢いをつけて滑空《かっくう》し、そのまま海にドボンと突っ込んだ。大きな水柱が上がる。ジンヨンの巨体が勢いよく海に飛び込むのだ。もしも周囲に船がいたら、大波に巻き込まれて転覆《てんぷく》していただろう。

ザバッと飛沫を上げて、海面に金色の巨体が浮かび上がった。

ジンヨンは、グッグッグッと喉を鳴らして笑う、最高の気分だった。これは気持ちいい。あのなんとも表現が難しい『居心地の悪さ』も、これならばすっきりと解消しそうだ。

ジンヨンは脚で激しく水をかき、翼を広げて何度も大きく羽ばたいた。幾度か海面を蹴って、ようやく空に飛び上がった。

再び上空から海に飛び込む。しばらくして浮かび上がったジンヨンが、オオオオォォォォォッと咆哮《ほうこう》を上げる。

『最高だぜ！』という叫びだった。

結局ジンヨンはその日四回海に飛び込んで、すっきりした顔でエルマーン王国に帰った。

何日も続いたあのなんとも表現しがたい『居心地の悪い』感じは、すっきりと解消出来たはずだった。

だが翌日になって、事態はもっと悪化していた。

『かゆい！　かゆい！　か・ゆ・い！』

ジンヨンはゴロゴロと床を転がりながら、ググッググッと唸るような声を上げる。朝、全身のかゆみで目覚めたくらいだ。こんなのは、今まで経験したことがない。

しばらく床を転がっていたが、一向に改善されない。これならば『居心地の悪い』程度のモヤモヤの方がマシだった。

『なんだこれは？　一体なんなんだ！』

ジンヨンは忌ま忌ましく思いながらも、念を送った。

『フェイワン！　おいフェイワン！』

呼びかけると、少しばかり間をおいて、面倒くさそうな返事が返ってくる。

『はいはい……なんだよ』

『体中がものすごくかゆいんだ！　どうにかしてくれ！』

しかしジンヨンの訴えに、フェイワンはすぐには答えてくれなかった。沈黙が流れる。

『おい！　フェイワン！　聞いているのか？』

するとまた少し間をおいて、ようやく返事が返ってきた。

『そう怒鳴るな……聞いているけど、今は接見中だ。午後まで待ってくれ』

『待てん！　ちょっと医師か誰かを寄こすことは出来ないのか？』

『お前……昨日海で遊んだんだろう？　海水が乾いて塩が浮いているんじゃないのか？』

フェイワンが、あまり心配していない口調でそう言ったので、ジンヨンはさらに苛立った。

『帰りに川で洗ったから大丈夫だ。それより早くなんとかしてくれ！』

『だから今は接見中だ！　後でな』

フェイワンはそう言って、一方的に意識を遮断してしまった。

『チッ……フェイワンの野郎……』

ジンヨンは、グルルルルッと唸り声を上げた。

『ああ……かゆい！　かゆい！　かゆい！』

ぶるぶるっと体を震わせた後、後ろ脚で体をガッガッとかいた。何度かかいていた時だ。カシャーンッという音が響き渡った。ジンヨンは思わず動きを止めて、警戒するようにあたりを見回した。

『何の音だ？』

グルルッと唸って、じっとしていたが、その後は特に何も音はしなかった。硬いものが落ちたような音だった。

『天井から何か落ちたのか？』

ジンヨンは天井を見上げたが、何も変わった様子はない。そのまま頭を下げて床を見た。するとすぐそばで、何かがキラリと光った。

『ん？』

ジンヨンは不思議に思い顔を近づけて、その光るものが何かをよく見ようとした。近くで見ると、それは金色の鱗だ。二枚落ちている。ジンヨンは驚いて、目を大きく見開き、その落ちている金色の鱗をしばらくじっとみつめた。

『フェイワン、フェイワン、フェイワン、フェイワン、フェイワン、フェイワン、フェイワン、フェイワン』

『なんだよ！　うるさいな！』

『鱗が剝《は》がれ落ちた』

『は？』

『オレの鱗が剝がれ落ちた！』

「鱗の生え変わりですね」

ジンヨンの体を診《み》た医師が、冷静にそう言った。

「鱗の生え変わり？」

フェイワンが初めて聞くという顔で首を傾げた。

「竜は数十年に一度鱗が生え変わります。ほら……このあたりは少し浮き上がっているでしょう？ これはもう容易く取れます」

医師が手の届く場所の鱗をひとつ、両手で摑んでスッと引っ張った。すると特に大きな抵抗もなく鱗が一枚外れたので、フェイワンは驚いて目を丸くした。

「痛いか？」

ジンヨンにそう声をかけると、ジンヨンは首を振った。

「竜王の鱗は大きいですから、一斉に鱗が落ちると危険です。完全に鱗が落ちるまでは、誰も近づかない方がいいでしょう」

「そうだな。頭にでも当たったら怪我をしそうだな……他の竜もこんな風に鱗が生え変わるのか？」

「他の竜はいつからというわけではなく、古くなれば自然と普段から少しずつ抜け落ちています。抜け毛のようなものです。空を飛んでいる最中に落ちることはないようですし、大きさも手のひらほどですから、それほど問題はありません。竜達も我々もあまり意識してはいません。一斉に生え変るのは、竜王様だけでございます」

フェイワンは鱗を手に取って、微妙な表情を浮かべて言った。

「父上から聞いたことがなかったから……こういうのは竜が死んだ時だけ、手に入るのだと思っていた」

フェイワンが微妙な表情をしたのは、亡くなった父王の竜から鱗を取った時のことを思い出しているのだろうと、医師は察して頷いた。

「そうですね。竜王や他の竜の屍は有効活用させていただいていますが……竜王の生え変わりの鱗も貴重ですから、出来ればこの部屋の中で全部落としていただければ助かります。タンレン様に言えば、兵士達の鎧に欲しいと言って、喜んで取りにいらっしゃるでしょう」

「だ、そうだ！　しばらくは外に出ないで、大人しく鱗を落とすんだな。その間は危ないから、リューセーにも遊びに行かないように言わないといけないな。全部落としたら教えてくれ」

フェイワンがジンヨンに向かってそう言うと、ジンヨンは不服そうな顔で、小さくググッと喉を鳴らした。

「変な病気じゃなくてよかったな」

フェイワンがニッと笑って言ったので、ジンヨンは気まずそうに顔をそらした。

「大人しくこの部屋で鱗を落としきったら、リューセーを連れてきてやるよ。きっとリューセーも落ちている鱗を見たら喜ぶ」

フェイワンの言葉に、ジンヨンはようやく機嫌を直した。

その後ジンヨンは、体をかいたり、床を転がったりと頑張って、床一面に金色の鱗を敷き詰めた。

その光景に龍聖が驚くことになる話は、別の機会にて。

もしもどこかで…ジンヨンと龍聖

ジンヨンは少し緊張した面持ちで、じっと待っていた。その背中にはマントのような赤いビロードの布が掛けられ、首にはたくさんの大きな宝石のついた首飾りを、幾重も重ね着けしている。

やがて兵士がぞろぞろと部屋の中に入ってきた。兵士達は入り口の方から二列になって、整然とジンヨンまでの通路を作り、兵士達の間には赤い絨毯がクルクルと広げられて、本当に一本の道ができた。

二列に並ぶ兵士達は、赤い絨毯の道を守るように向かい合い、一斉に剣を抜いて胸の前で掲げた。いよいよだという空気に、さすがのジンヨンも緊張した面持ちで、その長い首を真っ直ぐに伸ばした。

足音がして視線を向けると、入り口から真っ白な婚礼衣装を身につけた龍聖が、シュレイに伴われて現れた。真っ黒な髪と真っ黒な瞳、それは紛れもなくジンヨンの伴侶である、大和の国から降臨した竜の聖人だった。

龍聖はゆっくりとした足取りで絨毯を歩き、ジンヨンの前まで辿り着いた。顔を上げて目の前にいる巨大な黄金色の竜を、じっとみつめた。その表情は、驚きと尊敬の入り混じったもので、恐れは見られない。

ジンヨンは、ゆっくりと頭を下げた。地面近くまで下ろして、龍聖の顔を間近でみつめた。

『お前はオレが怖くないのか？』

心に直接話しかけた。すると龍聖は驚いて、どこから声がしたのかと辺りを見回したが、すぐにジンヨンが話したのだと気づき、ジンヨンをみつめながらニッコリと微笑んだ。

「龍神様、オレは龍神様にお仕えするために来たのです。怖くなどありません。龍神様の美しいお姿に目を奪われてしまいました」

明るい表情ではっきりとそう言った。その言葉には嘘はないと感じた。ジンヨンは満足そうに目を細める。

『さすがはオレのリューセーだ。気に入った。オレの伴侶になるならば、証《あかし》としてオレに口づけろ』

「はい、龍神様」

龍聖は言われるままに従って、ジンヨンの口元にチュッと口づけをした。

『これでお前はオレの伴侶になった。さあ、オレの背中に乗るといい、地の果てまで連れて行こう』

ジンヨンはそう言って、龍聖の体をひょいと鼻の先に引っかけて、そのままゆっくりと首を伸ばして背中の上に運んだ。

龍聖がしっかりと背中に乗ったのを確認して、龍聖が落ちないように気を遣いながら立ち上がり、その大きな羽を広げた。

ガラガラと大きな音を立てて壁の一面が動き、目の前に青空が広がった。強い風が吹きつける。龍聖は飛ばされないように、ジンヨンの背中にかけられている赤い布を握りしめた。

ドスドスと歩いて、空へ飛び出した。大きな羽が風を孕《はら》んで、ふわりと宙に舞い上がる。

ジンヨンの周りにたくさんの竜達が集まってきた。何か音楽のようなものが聞こえる。まるでパイプオルガンのように、低い音から高い音まで、何かに反響して深い音が重なり合う。

「龍神様！　この音楽はなんですか？」

龍聖はできる限りの大声で尋ねた。

『ジンヨンだ』

「え？」

『オレの名はジンヨンだ。ジンヨンと呼べ。これは歌だ。竜の歌声だ』

「竜の……歌声！」

龍聖は目を丸くしたが、その音色は心地良くて、目を閉じて聞き入った。

やがて竜の歌声が遠ざかるのに気づき、龍聖は目を開けた。見ると、赤い険しい岩山が遠くなっていく。

「どこに行くのですか？」

『言っただろう！　地の果てまで連れて行くと！』

ジンヨンが頭を後ろに向けて、龍聖をみつめながらそう言った。龍聖は目を丸くしている。

『驚いたか？』

「はい、驚きました」

『怖いか？』

「怖くはありません」

龍聖があっさりとそう返したので、ジンヨンの方が驚いた。

『なぜ怖くない？　地の果てだぞ？』

「……恐れながら龍神様……いえ、ジンヨン様、星というのは丸いのです。地の果てというものはありません。このままずっと飛び続ければ、いずれエルマーン王国に戻ります」

『なんだと!?』

ジンヨンはさらに驚いた。

『う、嘘を言うな！』

「本当です。ではジンヨン様は地の果てに行ったことがあるのですか？」

冷静で強気な態度の龍聖に、ジンヨンは目を丸くしながらも、思わず笑い出していた。

『リューセー！　ますます気に入った！　お前は一生オレの側にいろ。オレはお前を誰よりも愛し、誰よりも幸せにする。そしてオレの子を産むのだ』

「ジンヨン様の子を？　あの……どうやって？」

龍聖は少しばかり心配そうな顔で尋ねた。

『大丈夫だ。オレの魔力とお前の魂精があれば容易《たやす》いことだ。ただしお前も心からオレを愛さなければならない。偽りの愛では子は出来ないのだ』

ジンヨンの話を聞きながら、龍聖は首を傾げた。どういう仕組みでこの巨大な龍神様と、子作りが出来るのか分からないが、少なくとも痛い思いはしなくて済みそうだ。

『まあ、日本の昔話でも龍神様や白蛇様や鶴とか色々人外のものと子を生《な》す話はたくさんあるから、きっと神様の御業《みわざ》なのだろう』と龍聖は思うことにした。

「ジンヨン様、オレはジンヨン様が大好きです。だからきっと愛するようになれると思います」

『そうか！』

ジンヨンは嬉しそうに尻尾を左右に振って歌を歌い始めた。龍聖がそれを見て笑うので、ますます嬉しくなる。

『エルマーン王国に帰ろう』

「はい」

『ずっと幸せに暮らそう』

「はい」

『約束だぞ？』

「はい、大好きなジンヨン様」

ジンヨンと龍聖は、いつまでも幸せに暮らしました。それはもしもの話。ジンヨンが夢見るもしもの話。

紅蓮の竜は甘夢《かんむ》にほころぶ

懐かしい夢を見た。

抜けるような青いカリフォルニアの空、眩《まぶ》しい日差し、光る緑の芝生、たくさんの観客、溢《あふ》れる熱気。

カキーンと心地よい打撃音とともに、白いボールが青い空に吸い込まれていく。沸き起こる歓声。

「イチロー！」と必死に叫ぶオレ。大きな手で頭を少し乱暴に撫でられて、被《かぶ》っていた野球帽がずり落ちそうになる。笑いながら顔を上げると、父の笑顔……でも、顔はぼやけてよく見えなかった。


「夢……か……」

龍聖《りゅうせい》はまだ少し眠そうに目を細めながら、ベッドの天蓋《てんがい》をみつめて小さく呟《つぶや》いた。キラッと時折、光が目に入り眩しい。窓の方へ視線をやると、風でカーテンが揺れるたびに、隙間から朝の光がチラチラと入ってきていた。

朝か……と思って起きる前に隣を確認する。

フェイワンが顔をこちらに向けて眠っていた。無防備なその表情に、思わず笑みがこぼれる。

『よく寝てる』

時々フェイワンの方が先に起きて、龍聖をじっとみつめていることがあるので、今日は仕返しに眺めておこうかと、少しばかりいたずら心が芽生えた。

フェイワンの顔をみつめながら観察をする。凛々《りり》しい眉毛は、毛の流れがとても綺麗《きれい》だ。睫毛《まつげ》も長い。鼻筋が通っていて、綺麗な形をしている。唇も……と思ったところで、唇が少し動いた。そして瞼がゆっくりと動く。

薄く目が開いて、また閉じた。瞼がピクピクと軽く震えて、再び目を開ける。金色の綺麗な瞳が、龍聖を捉えた。

「おはよう……何を見ているんだ？」

少しばかり掠《かす》れた声でフェイワンが囁く。まだ眠そうだな……と思って、思わず顔が綻《ほころ》ぶ。

「おはよう。フェイワンの顔が綺麗だなって思って見てました」

「綺麗？　男前の間違いじゃないか？」

フェイワンがクスリと笑うと、モゾリと体を動かして龍聖の方を向くように寝返りを打った。眠そうに目を擦りあくびをする。そんな仕草が少し子供っぽく見えて、龍聖はクスクスと笑った。

「なんだ？」

「いえ、その仕草がシィンワンにそっくりだったから……」

「そうか？」

子供っぽく見えたと正直に言えば、きっとへそを曲げて反論するだろうが、息子と似ていると言われたので嬉しそうだ。二人の娘の前でもずっとデレデレしているし親馬鹿だと思っていたが、初めての息子にはさらに甘いように思えた。やはり世継ぎということもあって特別なのだろうか？

「さあ、起きましょう。いつまでもこうしていると、子供達が来てしまいますよ」

龍聖はそう言って起き上がろうとしたが、フェイワンにグイッと抱き寄せられてしまった。額と頬と唇に口づけされて強く抱きしめられた。首筋を甘く噛まれて、龍聖はゾクリと体を震わせる。甘い誘惑に今にも乗せられてしまいそうで、龍聖はぎゅっと強く目を閉じた。

「フェイワン！」

龍聖が窘《たしな》めるように名を呼ぶと、フェイワンは笑いながら「分かった、分かった」と言って龍聖を解放した。龍聖は安堵しつつ急いで起き上がった。

「最近、リューセーはつれないな」

フェイワンが拗《す》ねた声で呟いたので、ベッドから降りた龍聖は呆《あき》れながら振り返った。だが声とは裏腹に、フェイワンはベッドの上に胡坐《あぐら》をかいて座りニヤニヤと笑っている。

明るい時分にエッチなことをすると、龍聖が恥ずかしがるのをいつもからかうのだ。

確かにじっとみつめていたことを知られたのは、少しばかり恥ずかしかったが、それは【バツが悪い】という種類の恥ずかしさだ。さすがにもうそれほど初心《うぶ》ではない。三児の母なのだ。舐めてもらっては困る。

フェイワンが甘え半分で龍聖にじゃれかかって喜ぶならば、龍聖もまんざらでもないという気持ちもある。それに毎日という訳でもないし……と甘やかしてきたけれど、今日のフェイワンのニヤニヤした顔が、なんだか調子に乗っているように見えてしまった。

もちろんそんなつもりはないのだろうけれど、この日の龍聖には、なぜかそんな風に思えてしまって、少しばかり癇《かん》に障《さわ》った。夢見のせいかもしれない。寝起きのフェイワンの顔にシィンワンが重ったせいもあり、夢で見た父への郷愁もあって、よい気持ちで迎えた朝の雰囲気を台無しにされたような気持ちになった。

とにかく今日の龍聖は、フェイワンのおふざけに付き合う気になれなかった。ここはしっかりと、反旗を翻《ひるがえ》してやろう……と龍聖は腕組みをする。

「オレは結構フェイワンとの時間を大事にしているつもりだけど……そんなことを言うのならば、本当につれない態度を取ってあげましょうか？　そうすればフェイワンも、オレがつれなくしたらどんな感じなのか、本当のところが分かっていいですよね？」

龍聖が毅然《きぜん》とした態度で言ったので、フェイワンは一瞬目を丸くして固まったが、すぐに焦《あせ》った様子でベッドから降りた。

「リューセー！　冗談だ！　分かるだろう？　ふざけただけだ！　ど、どうしたんだ！　急にそんなことを言いだすなんて……」

いつもならば「からかわないでください」と、かわいくちょっと抗議する程度なのに、本気で怒っているように見えたので、フェイワンは慌てふためいた。何か機嫌を損ねるようなことをしてしまったのか？　いや、いつものじゃれ合いだろう？　と、頭の中でグルグルと考えながら、必死に龍聖の機嫌を取ろうとした。

そんなフェイワンに、龍聖はたまらず噴き出してしまった。さっきまでのイライラが一気に吹き飛んでしまった。むしろなんで腹を立てたのか、自分自身がおかしくて笑いだした龍聖に、フェイワンは唖然《あぜん》とした表情で立ち尽くしている。

「フェイワン、冗談ですよ！　ふざけただけです」

龍聖はわざと、フェイワンが言った言葉を真似て言い返した。それを聞いて、ようやくすべてを理解したフェイワンは、少し眉根を寄せて複雑な表情をしたが、すぐに両手を上げて降参のポーズを取った。

「参りました。リューセー、オレが悪かった。お前に甘えすぎていた。そういうつもりはなかったのだが、少しからかいが過ぎた。すまなかった」

フェイワンは真摯《しんし》な態度で謝罪した。龍聖はそれを受けてニッコリと笑い返す。

「大丈夫です。分かっています。そんな貴方《あなた》だから、ちょっとやり返してみただけです。仲直りしましょう」

「ああ、仲直りしよう」

二人は微笑み合って口づけを交わした。

朝食を終えて、龍聖がシィンワンを抱っこして魂精《こんせい》を与えている間、二人の娘達の相手をフェイワンがしている。娘達はお父様が大好き。フェイワンも娘達が大好きだ。二人は競うようにして、フェイワンに色々な話をする。フェイワンは面倒くさがる様子は微塵《みじん》もなく、二人のたわいない話に耳を傾けて、優しく相槌《あいづち》を打ち、二人を褒めてかわいがる。

子煩悩でいい父親だ。

龍聖は腕の中の息子をみつめた。右手の親指をしゃぶりながらじっと抱かれている。シィンワンは十一歳（外見年齢二歳）になる。大人しくて甘えん坊だ。

長女のシェンファは、頭がよくて早熟なためか、おしゃべりを始めるのも早かった。現在三十六歳（外見年齢七歳）だが、もう一端《いっぱし》の淑女のつもりのようで、どこで覚えてくるのか（たぶんルイラン様の真似）時々驚くほど大人びたことを言ったりする。

次女のインファは、とても活発でお転婆《てんば》だ。二十一歳（外見年齢四歳）だが、姉の影響もあっておしゃべりもよくする。だがとにかく活発で、少しもじっとしていない。龍聖は【小さな怪獣】と密《ひそ》かに呼んでいる。それでもやんちゃな男の子に比べたら、まだまだかわいいものなのだろうと思っていたのだが、初めての男の子は、とても大人しくて甘えん坊だったので、我が家の怪獣の座は、インファが引き続き守っているな……と、飛んだり跳ねたりせわしなく身振り手振りをつけておしゃべりをするインファを眺めながら、龍聖は思わず苦笑した。

「さて、いつまでも姫様達とこうしていたいんだが、そろそろ仕事に行かないといけないな」

フェイワンがそう言って、二人の頭を撫でている。

「お父様！　あと少しだけ！」

「まだいいでしょ？」

二人に縋《すが》られて、フェイワンは困ったように笑いながら立ち上がった。

「行くのが遅くなれば、帰るのが遅くなってしまう。お前達と夕食を一緒に食べたいから、残念だけどもう行くよ。それとも二人は、オレと一緒に夕食を食べたくないのかい？」

「食べたい！」

二人は声を揃《そろ》えて答える。それを聞いてフェイワンはニッコリと笑った。

「オレもだ」

フェイワンはもう一度二人の頭を撫でて、龍聖の下へやってきた。娘達もついてくる。

「さて、王子様はご機嫌かな？」

フェイワンはそう言って腕の中のシィンワンを覗《のぞ》き込んだ。シィンワンは恥ずかしそうに笑いながら、龍聖の胸に顔を埋める。隠れているつもりなのだ。

龍聖はフェイワンと顔を見合わせて笑った。

「名残惜しいが行ってくるよ」

「王様は人気者で大変ですね」

「王子様はオレよりリューセーの方が好きなようだが……いや、もしかしてオレのライバルか？」

「シィンワンはお父様が大好きですよ。大好きだからちょっと恥ずかしがっているのです。そういう時期です」

龍聖が笑ってシィンワンの頭を撫でると、フェイワンもその手に自分の手を重ねて一緒に頭を撫でる。

「それじゃあ行ってくるよ」

「お仕事頑張ってください」

フェイワンは龍聖に口づけをして、シィンワンの頰にも口づけた。

「お父様、行ってらっしゃいませ」

娘達が声を揃えて言うと、「行ってくるよ」とフェイワンが答えて、二人の頰に口づける。

毎朝とても賑《にぎ》やかな送り出しだ。龍聖はにこやかに見送りながら、なんだか普通のサラリーマン家庭みたいだと思っておかしくなった。よその国の王様は、どんな感じで公務に向かうのだろう？　いつかどこかの王様と、話をする機会があったら聞いてみたいものだ。

フェイワンが出かけると、家族それぞれが動き出す。

シェンファは、子供部屋へ移動して、養育係のユイリィと勉強だ。インファとシィンワンは乳母に預けて、龍聖は王妃としての仕事を始める。

今日の仕事は、財務部より届いた各部門の会計報告書の確認だ。これは元々王妃の仕事ではないのだが、龍聖が元の世界で銀行員だったこともあり、この国の財務管理がどのようになっているのかを知りたくて、帳簿を少し見せてもらったところ、色々と気になるところがあったので、うっかり口を挟んでしまったことから、財務担当官の不正か？　などと大事になってしまった。

決して不正があったというわけではない。少しチェックが甘く抜けが多い部分を、きちんと細かく帳簿につけて管理すれば、経費削減になると思っただけだ。龍聖の世界の簿記を取り入れたらどうかとなるべく分かりやすく説明をしたら、ぜひ帳簿の付け方を教えてほしいと乞われ、気がついたら財務部の最高責任者になっていた。それで時々帳簿の最終確認が回ってくるのだ。

当初は『財務大臣の面子《メンツ》に傷をつけるようなことをしてしまったのではないだろうか？』と心配していたのだが、フェイワンから『みんな、とても感謝している』と聞いた。そもそも財務関係の書類は最終的に国王であるフェイワンの下に届いて、決裁することになっていたので、それを王妃である龍聖が代わりにやってくれれば、フェイワンも助かる。負担のない範囲で協力してほしいと言われたので、それならば……と引き受けることにしたのだ。

色々な部署の経費削減に貢献出来て、国庫が潤うのならば、銀行業務よりももっとやりがいがあるというものだ。

『国の財政管理だからね……規模が違う』

龍聖の正直な気持ちを言わせてもらうと、本来の王妃の仕事であるお茶会などの社交よりは、何倍もやりがいがあるし好きだった。

「今日の書類は、外務部のものか……輸出入に関する損益計算書だな」

龍聖は「よしっ」と気合いを入れて、書類に並ぶ数字を確認していった。

しばらくして、龍聖は机の端に積み上げられた資料の束をガサガサと漁《あさ》り始めた。

「リューセー様、何かお探しですか？」

「うん……この……東海岸沿いの国の細かい地図がなかったかなと思って……」

「大きな地図ならばあったと思うのですが……」

シュレイも一緒になって探してくれた。

「細かい領地名とかも載っているものが欲しいんだけど……」

「書庫で探してまいりましょうか？」

「そうだね……あ、ちょっと待って、もしかしたらフェイワンの書斎にあるかも……好きに使っていいって言っていたから、ちょっと探してみる」

龍聖が立ち上がったので、シュレイは探していた手を止めて「それならば私が……」と言いかけたが、龍聖は「ちょっと休憩したいから、シュレイはお茶の用意をお願い」と言い残して、さっさと書斎へ駆けていった。

「失礼します」

龍聖は書斎の扉を開けて、小さな声で言いながら中に入った。

書斎には今まで何度も入ったことはあるが、中にいるフェイワンに用があって入ることがほとんどで、フェイワンのいない時に、入ることはあまりなかった。

結婚当初から、いつでも自由に使っていいとは言われていたけれど、龍聖には王妃の私室があり、私物はそこに揃っているので、わざわざフェイワンの書斎を使う機会はない。

奥の壁一面に天井までの作り付けの書棚がある。そこにはびっしりと本が収まっていた。フェイワンの好きな本や、政務に使う資料などを、書庫にある本から写本したものだ。

「地図類は確かこのあたりだよね……」

龍聖は書棚の上の方を眺めながら、目的の資料を探した。

「あった……これと……ん？　これもそうかな？」

龍聖は少し高い所に、羊皮紙を筒状に丸めた束が、いくつか綺麗に積み重ねられているのを見つけて、背伸びをしてそれを取ろうと手を伸ばした。

その時足に何かが当たって、カランッという音とともに倒れた気配がした。

「あっ、何か蹴っちゃった？」

龍聖は慌てて下を見た。すると足元に剣が一本転がっている。

「剣？」

かがんでそれを拾うと、まじまじとみつめた。革の鞘《さや》に収められた剣だった。柄《つか》の部分には見事な装飾が施されている。鞘となる革にも模様が刻まれていて、鞘口と鞘尻に充《あ》てられた補強のための金具は金で作られ、こちらも装飾が施されている。

そっと剣を抜いてみた。この国で使われている幅広の両刃の剣だ。だが全体的に小さい。剣身も短く刃が付いていなかった。刃がないということはたぶん練習用の模擬剣だろう。

「小さい……ってことは……子供用？」

　練習用の模擬剣だとしても、ずいぶん立派な作りだ。

「まさか……フェイワン、シィンワンのためにわざわざ作らせたのかな？　え？　でもちょっと早くない？　確か……剣技の練習って六十歳を過ぎてからのはずだと思ったけど……もう……フェイワン、親馬鹿だなぁ」

　龍聖は思わず噴き出していた。シィンワンのために、こんな立派な剣を作らせるなんて、気が早いにもほどがある。

　そもそもエルマーン王国には、鍛冶屋《かじや》はいない。正確には鍛冶が出来る職人はいるのだが、鍛造《タンゾウ》は国内で使う武具の修理くらいで、彼らの専門は竜の鱗《うろこ》や爪などを素材にして鎧《よろい》などの武具を作ることだ。

　エルマーンには鉄などを加工する設備がないので、アルピンの兵士達やシーフォン達が使う剣は、他国から輸入している。ということは、つまりこれもわざわざ他国で特注の剣を作らせたということになる。

　龍聖はニコニコしながら、そっと剣を元の場所に立てかけた。

　地図を持って書斎から出てくると、シュレイがお茶の用意をして待っていた。笑顔の龍聖を見て、少し首を傾げる。

「目的のものは見つかりましたか？」

「うん、あった、あった」

龍聖はそう答えながらも、ニヤニヤが止まらない。

「どうかなさいましたか？　何かいいことでもありましたか？」

シュレイに問われて、龍聖は思わず言いかけたが、ぐっと言葉を飲み込んだ。ここでシュレイと話のネタにしてしまったら、なんだかフェイワンをからかうようで悪い気がした。気が早すぎるフェイワンに少しばかり呆れたけれど、そんなところもかわいいと思うし、ネタにはしたくない。

「うん、まあ……色々と面白そうな本もあって、探検しているみたいで楽しかったんだ」

龍聖はそう言って誤魔化《ごまか》すと、椅子に座ってお茶をいただくことにした。シュレイはそれ以上何も聞いてはこなかった。


その日の夜、子供達を寝かしつけてようやく二人きりになったところで、龍聖は我慢出来ずにフェイワンに問いかけた。

「フェイワン、今日調べ物があって、書斎に入らせてもらったんだけど……思いがけないものを見つけてしまったんです」

龍聖はニコニコと笑顔で、フェイワンの様子を窺《うかが》いつつそう切り出した。

「ん？　思いがけないもの？」

酒のグラスを傾けていたフェイワンが、手を止めて聞き返した。龍聖はすぐには答えずに、ただひたすら笑顔だ。その態度にフェイワンは片眉を上げて、なんだ？　と不審げにグラスをテーブルに置いた。

龍聖は笑っているので、別にフェイワンが何かやらかしたというわけではないだろう。そもそも見られて困るようなものは何もない。だが龍聖の態度は、何か含みがあるように感じる。フェイワンは僅《わず》かな時間の間に、そんなことをぐるぐると考えて、少しだけ身構えた。

「小さな剣を見つけたんです。子供用みたいな……いや、あれは間違いなく子供用ですよね？」

龍聖はそう言っていたずらっぽく笑った。

一方フェイワンの方は、一瞬何のことだか分からなくてすぐに反応が出来なかった。一生懸命考えて、ようやく思い当たった。

「あ、ああ！」

フェイワンが分かったようなので、龍聖はフェイワンをじっとみつめる。

「あれって……シィンワンのために用意したんですか？　ちょっと気が早すぎませんか？」

そう言って、ふふふ……と含み笑いをした龍聖に、フェイワンはようやく龍聖の言葉の意味を理解した。

「そうか、あれを見つけて、龍聖はオレがシィンワンのために用意したと思ったのか……それはオレも思いつかなかった。なるほどな」

少しだけ安堵の表情を浮かべて、フェイワンは何度も頷《うなず》きながら答えた。

「え？　違うんですか？」

今度は龍聖の方が、意外というように首を傾げる。それ以外に何があるのだろう？

「あれはオレのだ」

「フェイワンの？　だけど……小さかったですよ？」

「オレが子供の頃に父上から贈られた練習用の剣だ」

フェイワンが笑って答えたので、龍聖は驚いて目を丸くした。フェイワンが子供の頃に使っていた剣があっても別におかしな話ではない。ただ、何度か書斎に入ったことがあるが、剣を見たのは初めてだった。あんなに見事な造りの剣に気づかないわけはないから、あの子供用の剣は最近書斎に持ち込まれたものだろう。なのにフェイワンはさっき龍聖が言うまで、シィンワンに贈るということは全く頭になかったようだ。

どこかにしまうでもなく、飾っておくでもなく、無造作に立てかけられていた剣。息子に譲《ゆず》るために用意したのでないならば、なぜ今になって？

不思議そうに首を傾げる龍聖を見て、フェイワンは頷いた。

「なんであんなところに？　と思ったんだろう？　いや、オレもあの剣をどうしたものか、ちょっとばかり考えあぐねていたんだ。見つけたのは偶然で……政務に関することで調べたいことがあったから、先日宝物庫の中に入ったんだが……父の所有物が収められている場所で、あの剣を見つけたんだよ」

「先王の？」

龍聖は、一瞬表情を強張《こわば》らせた。思っていたのと少しばかり事情が違うような気がしてきたからだ。

「ああ……父が崩御《ほうぎょ》した後、オレはすぐに公務を引き継がなければならなかった。その時に、荷物の移動などで混乱してしまったのだろうな。ほら、普通ならば皇太子は長い眠りにつくだろう？　皇太子の荷物はその間に余裕で纏《まと》めることが出来るし、竜王が崩御した後も皇太子が目覚めるまでに一年余りの猶予があるから、その間に部屋の模様替えをすることが出来る。だけどオレは眠りについていないから、急いで先王の部屋を片付けて、模様替えしなければならないし、オレの荷物を移さなければならないしで……その時の混乱で、父の荷物の中に、オレの剣が紛れてしまっていたみたいなんだ」

「そうだったんですか」

フェイワンは明るい顔で、特になんということもなく平然と話しているが、内容としては少しばかり辛いものだ。龍聖はどう反応をすればいいのか分からなかった。

「それでまあ、剣を見つけた時は懐かしくて……オレのだ、オレのだ……って持って帰ってきたのだけど、我に返ると飾るようなものでもないし、どこかにしまうのもなぁ……と、どうしようか考えながらそのあたりに立てかけて、そのまま忘れていたんだ」

フェイワンは最後まで説明をして、明るく声を上げて笑った。それでも龍聖は、一緒になって明るく笑うことが出来なかった。ちょっと困ったように微笑していると、フェイワンが気づいて首を傾げる。

「どうした？」

「いえ、その……そんな思い出のある大切なものとは知らず……からかうようなことを言ってしまって……申し訳ありませんでした」

龍聖は神妙な面持ちで謝罪した。それにはフェイワンが驚いた。

「何を言ってる？　別に謝ることなんて何もないぞ？」

「でも……」

言い淀む龍聖を、フェイワンは笑顔でそっと頭を撫でて宥《なだ》めた。

「お前は何も知らなかったんだ。勘違いするのも無理はない。だから何も謝る必要なんてないんだよ」

「はい、分かりました」

龍聖はフェイワンの気遣いに申し訳ないと思いつつも、これ以上龍聖がグダグダと思っても仕方がないので、気持ちを切り替えることにした。そんな龍聖の頬に、フェイワンがそっと口づける。

「お前の言う通りシィンワンに贈るというのもいいな」

フェイワンがそう言って微笑んだが、龍聖にはそうは思えなくなっていた。

「あの剣は大切にした方がいいと思います。シィンワンには贈らずに、貴方が持っていてください」

「なぜだ？」

フェイワンが不思議そうに尋《たず》ねると、龍聖は困ったように視線をさまよわせる。

「上手《うま》く言えないんですけど……その方がいいと思うんです」

あんなに子煩悩なフェイワンが、あの剣を見つけた時に、すぐにシィンワンのことを思い浮かべなかったのだ。亡き父から贈られた物というだけではないような気がしていた。

二人はしばらく無言のままでみつめ合った。

フェイワンが先に視線をそらして、テーブルに置いたグラスを手に取った。一口酒を口に含む。少し強めの蒸留酒が喉を熱く焼いた。

「そうだな……シィンワンには、オレが新しく剣を作って贈ろう。それがいいな」

フェイワンは自分に言い聞かせるように呟いて頷く。龍聖はそれを見ながらフェイワンにはあの剣に何か特別の想いがあるのだろうと改めて思った。

龍聖がそれ以上、剣の話題に触れなかったので、フェイワンもそれ以上は何も言わず、どちらからともなく別の話題に変えて、何事もなかったかのようにそのまま夜を過ごした。


龍聖はテラスで風に吹かれながら、ぼんやりと外の景色を眺めている。王の私室のメインルームに続くテラスはとても広い。建物の構造上でいうと【屋上テラス】になる。城の最上階の国王一家だけの居住スペースに併設されたテラスだ。

その広々としたテラスの一角に、龍聖が個人的に作らせた憩いの空間がある。疑似縁側だ。一見すると木製の長椅子なのだが、長椅子と呼ぶには幅も奥行きも広い。大人二人がゴロリと横になることが出来るくらいの大きさだ。

龍聖は時々そこに靴を脱いで上がり、座布団に胡坐をかいて座ったり、横になったりして寛いでいる。

今日は、座布団の上で胡坐をかいて座る龍聖の横に、座布団の上で昼寝をしているシィンワンがいた。二人がテラスにいるためか、竜達が時々上空に集まってくるのだが、すぐに散ってしまう。たぶん塔の上からジンヨンが睨《にら》みを利かせているのだろう。

龍聖はぼんやりと空を見上げている。

「本当に真っ青だなぁ」

独り言を呟いた。エルマーン王国の空は、とても澄んでいて、青くて、高い。日本の空とどこか違うように感じるのは、乾いた空気と風のせいだろうと、以前から思っていた。

「あっ……カリフォルニアの空に似ているんだ」

突然、龍聖の脳裏に夢で見た空が浮かび上がって、エルマーン王国の空と重なった。そして急にすべてを理解したというように、大きくため息をついて頷いた。視線を隣ですやすやと気持ちよさそうに眠る我が子へ向ける。

「シィンワンが生まれて……息子が出来たから、父さんのことを思い出しちゃったのかぁ」

龍聖はなんとも言えない気持ちで苦笑する。シィンワンの額をそっと撫でて、ふわふわの赤い前髪をかき上げる。丸くて綺麗な額が露になり、生え際がフェイワンと同じだと思って、思わず笑みがこぼれる。

「まあ、オレの場合はお父さんじゃなくて、お母さんになっちゃったんだけどね」

自嘲《じちょう》気味に笑い、シィンワンの柔らかな頬を、指で突きながら「どうやっても起きそうにないね」と呟いて微笑む。

そのままシィンワンの隣にうつ伏せに横たわった。

「眩しくないのかな？」

シィンワンの顔の上に、手を翳《かざ》して影を作る。

この国の人達は、真夏のような強い日射しにも、暑い気候にも慣れていて平気なようだ。特にシーフォンは、暑さに耐性があるように思う。

龍聖自身も、シーフォンと同じ体質に変わったせいか、暑さ寒さに強くなっている自覚がある。たとえば日焼けをしなくなった。毎日強い日射しを浴びていても、日焼けして真っ黒になることはない。

アルピン達は日焼けするようなので、シーフォンだけの特徴かもしれなかった。

龍聖は羽織っていた薄衣を脱いで、シィンワンの顔の上にそっと被せた。鼻から下が出るようにしてやり、そのままごろりと仰向けに寝転んだ。

真っ青な空が広がる。竜達が高く低く何頭も飛んでいた。

「やっぱり眩しいや……日除けをつけようかな……ビーチパラソルみたいな大きな傘とか……でもそ

れだと縁側じゃなくなるよね」

龍聖は日除けの傘を設置した場合を想像して、一人で笑いだした。

シュレイは、そんな龍聖を部屋の中から遠巻きに見守っていた。今朝から少し様子がおかしい。昨夜何かあったのだろうか？　と思うが、フェイワンと喧嘩したというわけでもなさそうで、龍聖もいつものように振る舞っているので、今のところは静かに見守っている。

「シュレイ」

龍聖に呼ばれて、シュレイはすぐに駆けつけた。

「リューセー様、いかがなさいましたか？」

側に立って覗き込むように話しかけると、龍聖が仰向けのままで笑顔を向けてきた。

「ここにさぁ……こう……日除けって作れるかな？　出来れば折り畳みが出来ると嬉しいんだけど……こんな風に寝てる時は、日射しが眩しいから日除けが欲しいなって思うけど、普段はなくてもいいんだよね」

「それは可能かと思います。すぐに工房に依頼して、良い案を出してもらいます」

「ありがとう」

一から十まで言わなくても、いい感じで答えが返ってくるのは、いつもながらありがたいと感心する。龍聖がそんなことを思いながら、にこにこと笑顔でじっとシュレイをみつめ続けるので、シュレイはまだ何かあるのかと覗き込むような体勢のままで待った。

「シュレイ、心配かけてごめんね。昨夜フェイワンにちょっと悪いことしちゃって……フェイワンは全然気にしていないって言ってくれているから、何も問題はないんだ……オレが一人で反省しているだけだから」

龍聖は少しばかり困ったような笑みを浮かべて、シュレイに事情を説明した。シュレイが朝からずっと気にしていることには気づいていた。詳しい内容まで教えるつもりはないが、凹んでいることで心配をかけているのは間違いないので、なんでもないということは伝えたかった。

それを聞いたシュレイは、ハッとしたように表情を変えたが、すぐにいつもの顔に戻り「承知しました」と穏やかに答えて部屋の中に戻っていった。

「風が気持ちいい」

龍聖は小さく呟いて目を閉じた。聞こえないはずの声援が聞こえる気がした。青い空、強い日射し、乾いた風、カリフォルニアを思い出させる。たった一度行っただけなのに、今まですっかり忘れていたのに、なぜこうも鮮明に音や匂いまで思い出せるのだろう?

肝心の父親の顔は朧《おぼろ》げだというのに……。

「やっぱり眩しいや」

龍聖は右腕を目の上に置いて苦笑した。

「リューセー、今日はオレの思い出話に付き合ってほしいんだが」

その日の夜、二人きりになったところでフェイワンがそう切り出した。いつものようにソファに並んで座り、フェイワンはグラスに入った琥珀色《こはくいろ》の液体をみつめながら、唐突にそう言いだしたのだ。

龍聖はお茶を飲んでいたのだが、「え？」と思わず首を傾げた。フェイワンが改まってそんなお伺いを立てるのは初めてだったたからだ。

いつもの食後の寛ぎの時間。

夕食後、子供達と遊んだり話をしたりして、子供達が眠りについた後ようやく二人きりの時間になる。互いに一日の報告などをし合って、たわいもない話とスキンシップで過ごす時間だ。何を話すかなど決まりはなくて、互いに何か思いつけば、昔話だってする。

「少し長い話になるけどいいかい？」

「はい、もちろん」

龍聖は頷いた。フェイワンは一口酒を飲んでグラスをそっとテーブルに置いた。

「あれはオレが五十歳（外見年齢十歳くらい）を過ぎた頃だったたと思う」

フェイワンは静かに語り始めた。

廊下に勢いよく飛び出した少年の後を、乳母と侍女の二人が「フェイワン様、お待ちください」と慌てて追いかける。廊下で警護のために立っていた兵士達は毎朝見慣れた光景を微笑ましく見送った。

王の私室の扉の前にフェイワンが立つと、扉の左右に立つ警護の兵士が深々と頭を下げた。フェイワンは扉が開くのが待ち切れない様子で、足踏みをしている。その間に乳母達が追いつき、フェイワンの後ろに控えた。

扉がゆっくりと開いて、中から侍女が顔を出す。

「フェイワン様、おはようございます」

「おはよう！」

フェイワンは元気に挨拶をして中に飛び込んだので、中にいた侍女が慌てて次の間に続く扉を開けた。フェイワンは待ち切れず、開きかけた扉の隙間に滑り込むように中へ入る。再び侍女達が慌てた様子で後を追いかけた。

次の間を駆け抜けて、さらに奥の扉へ向かった。すでにフェイワンが来たことは連絡が入っていたので、フェイワンが辿り着く前に、奥の扉が開けられる。

「フェイワン様、おはようございます」

奥の扉の向こうでは、侍女達が三人並んでお辞儀をしながら出迎えていた。

「おはよう！」

フェイワンは元気に挨拶をして、奥の扉からそのまま勢いよく中へ入る。その先には、とても広い部屋がある。王の私室のメインルームである居間とダイニングだ。

居間のソファには、長い真紅の髪の男性が座っていた。フェイワンを笑顔でみつめている。

「父上！　おはようございます！」

「フェイワン、おはよう。今日も元気だな」

フェイワンの父、竜王ランワンだ。優しい笑顔でフェイワンを迎え入れてくれる。フェイワンはぴょんっと跳んでランワンの膝の上に乗った。ランワンは笑いながらそれを受け止めて抱きしめる。

「また重くなったのではないか？」

「父上、昨日も同じことを言いましたよ？　そんなに毎日重くなっていたら、僕は大変なことになりそうです」

「それもそうだな」

フェイワンが笑いながら甘えるようにランワンの胸に顔をぐりぐりと押しつけたので、ランワンは愛しそうに目を細めて、フェイワンの頭を撫でる。我が子の成長は、ランワンにとって何よりも嬉しいことだった。日々の成長などそう変化があるわけではないのだが、こうして腕に抱いて重さを実感すると、つい「重くなったな」と口をついて出てしまう。

ランワンは伴侶である龍聖を事故で失った。フェイワンは母の顔を知らずに育ち、ランワンは我が身を削ってフェイワンを育てている。だからよくここまで育ってくれたと、毎日しみじみと思うのだ。

明るく元気な子に育ってくれた。養育係からは、とても賢いと誉める言葉ばかり聞かされている。

学者肌の頑固者の言葉なので世辞ではないようだ。皆がよき王になるだろうと期待をかけている。

だがランワンが世継ぎであるフェイワンに望むのは、賢さでも逞《たくま》しさでもない。ただただ……元気に育ってほしい。無事に成人してほしい。それだけだ。

ランワンは、フェイワンをしっかりと抱きしめて、そっと魂精を与える。竜王にとって生きるために必要なものだ。竜王は同じ種族であるシーフォン達とは違う体質を持っている。それは神から下された罰でもある。

生物が生きるために必要な食物の代わりに、竜王は『魂精』というものを必要とした。それは人間が持つ魔力のような、生命力のような、特殊なエネルギーなのだが、竜王に分け与えられるほど豊富にその力を持つ人間は、滅多《めった》にいない。少なくともこの世界の人間の中には見つけることが出来ず、初代竜王ホンロンワンが異世界で見つけてきた唯一の人間……異世界の大和《ヤマト》の国に住む青年『龍聖』と契約を交わして、この世界に召喚《しょうかん》している。

そうやって代々の竜王は、自分のために異世界から降臨するリューセーと、婚礼の儀を行い伴侶として寄り添い合い生きてきた。

だが八代目竜王であるランワンの龍聖は、不幸な事故により早世し、一粒種であるフェイワンだけがランワンの下に残された。

竜王の世継ぎであるフェイワンもまた母であるリューセーの魂精によって成長する。母を失ったフェイワンには、父であるランワンが、我が身にある魔力を魂精に似たものに変えて、フェイワンに与えていた。

　最初は本当にそれでフェイワンを育てることが出来るのか不安だった。だがフェイワンはスクスクと育っている。ランワン自身は、もう誰からも魂精を貰うことはない。何も得ることはない。絶食しているような状態で、我が子のために自身の力を分け与えるのだ。まさしく我が身を削って、大切な我が子を育てている。

　周囲にどれほど反対されようとも、これをやめるつもりはない。

　伴侶である龍聖を失ったランワンには、もうこれ以上の未来はない。どうやったところで、やがて餓死のような状態になる。死は間違いなく訪れる。それならば我が子を生かす以外に、優先することなど何もない。

　フェイワンが無事に育てば……成人することが出来れば、やがて異世界の大和の国から、彼のための龍聖が降臨する。そうすれば我が子には、先の未来が約束されるのだ。そして立派な竜王となり、エルマーン王国をこれからも存続させていくことだろう。ランワンとともに竜族が滅びる必要はない。

　いや、正直な気持ちを言えば、竜族や王国の存続の危機など憂《うれ》えてはいない。竜王失格と言われようとも、竜族のために命を削っているわけではない。我が子を生き延びさせたい……それだけだ。

　ランワンは一度間違った選択をしてしまった。竜族を守るため、エルマーン王国を守るため、龍聖の気持ちよりもそちらを優先してしまった。かけがえのないたった一人の大切な伴侶。ランワンが最も守らなければならなかった相手。愛する龍聖……ランワンは失って初めて気づいたのだ。

龍聖を守り抜いて初めて、竜族とエルマーン王国の繁栄があるのだ。唯一の愛する者を守れずに、何を守れるというのか……。

龍聖を失ったランワンは、すでに竜王失格なのだ。だからこの命など、無駄に生き永らえても仕方がない。この命はすべて愛する我が子フェイワンに捧げる。

フェイワンには、ランワンが持てるすべてのものを捧げるつもりだ。知識も愛情も命もすべて……。家臣に任せられる仕事は任せてしまい、フェイワンと過ごす時間を出来る限り作った。決して寂しい思いはさせない。愛情を知らない子にはしたくない。たとえ甘やかしすぎだと非難されようとも構わない。

フェイワンには近い将来に、自分の存在が父親を死なせてしまうという、誰よりも過酷な運命が待っているのだ。その時ランワンは、血を吐く思いで愛する息子に厳しく向き合わなければならない。フェイワンもそれを乗り越えなければならない。

そんなフェイワンに、なぜ今、厳しくする必要があるだろうか？

厳しく叱ったり、厳しく躾《しつけ》をしたりすることで、少しでも誰かを恐れたり、僻《ひが》んだり、自分を卑下したり、そんな負の感情を持たせたくなかった。

養育係には、体罰は問題外だが、怒って怒鳴りつけたり、大きな声で注意したりしないように言いつけている。言葉の分からない赤子や幼児ならばいざ知らず、話して分かる年頃なので、間違いを理解するまで丁寧に教えるように指示した。それでも駄々を捏《こ》ねたり、言うことを聞かなかったり、手に負えない時はランワンを呼ぶように伝えた。

結果として、フェイワンは駄々を捏ねたり、言うことを聞かないなどということはしなかった。

素直で優しい子だ。

「フェイワン、今朝も走ってここまで来たね？　乳母達が息を切らして大変そうだったよ？　周りを困らせてはいけない」

ランワンがフェイワンの頭を撫でながら優しく言って聞かせた。

「でも早く父上に会いたかったのです。父上がお仕事に行かれるまでの間、少しでも長く一緒にいられるようにと思って……乳母達には後からゆっくり来ればいいって言ったんですけど……」

「フェイワン、そういうわけにはいかないのだ。お前は竜王の世継ぎで、大切な存在だ。従者達はお前を守るためにいる。乳母も侍女も兵士達も、みんなお前を守るためにそばにいてくれるのだ。たとえお前が後からゆっくり来いと言っても、乳母達はそうですかと言うわけにはいかないんだ」

ランワンが優しく諭《さと》していると、フェイワンが顔を上げて、不満そうに眉根を寄せた。

「僕がいいと言っても、だめなのですか？」

「だめだよ。彼女達は私の命令で、お前を守っているのだ。私の命令に背くことは出来ない」

ランワンの言葉を聞いて、フェイワンは少し驚いて目を丸くした。

「サリー《乳母》達は、僕の家臣ではないのですか？」

「フェイワン、乳母や侍女は家臣とは言わないんだよ。従者だ。そしてお前についている乳母や侍女は、私の従者だ。お前の従者ではない。お前にはまだ従者を雇う権限はないんだよ」

「どうしてですか？　僕は皇太子なのでしょう？」

「それはお前がまだ子供だからだ」

フェイワンはそれを聞いて、さらに眉根を寄せただけではなく、唇を尖らせた。その不満そうな顔に、ランワンは思わず相好を崩した。

「なんという顔をしているんだ？」

おかしそうにランワンが言って、フェイワンの頬を指で突いた。するとフェイワンは少し赤くなって、頬を膨《ふく》らませた。

「不満なのかい？」

ランワンが優しく尋ねると、フェイワンは改めて聞かれたことに少し戸惑ったようで、目をキョロキョロと動かしながら「う～ん」と小さく唸《うな》った。

「サリー達が、僕の家臣じゃなかったことに驚いただけです」

フェイワンは唇を尖らせたまま拗ねたように返事をした。ランワンは目を細めて苦笑する。

「フェイワン、家臣というのはなんだと思う？」

「え？」

フェイワンは、また大きく目を見開いて、驚いたように体を起こしてランワンの腕の中から離れた。

「家臣とは……ですか？」

「ああ、そうだ。お前が思っていることを答えればいいんだよ。間違っても構わない」

優しく問われたフェイワンは、視線を落としてじっと考え込んだ。ランワンは穏やかな表情で見守る。きちんと話を聞き考えられる子になってくれて嬉しいと思っていた。

「王様とか偉い人に仕《つか》える者だと思います」

フェイワンはしばらく考えた末に、少しばかり自信を持ってそう答えた。ランワンは、それを聞いて頷く。

「半分くらいは当たっているが、正確な答えではない。その答えだと、従者も該当してしまう」

ランワンにそう言われて、フェイワンは頭の中が疑問符だらけというような困惑の表情で固まってしまった。

「家臣も従者も、主君に従い仕える者という意味では同じだ。ただ違うのは、家臣とはその能力と忠誠を買われて、主君より身分や領地などを与えられた者のことだ。国王の政務を手伝う者達がいることを、お前も知っているだろう？　外務大臣や内務大臣……他にもたくさんの家臣がいる。お前の養育係であるウェンシュも私の家臣だ」

フェイワンは真剣な顔で聞いていた。

「それに対して侍女や兵士や乳母は従者だ。あの者達の主人は、私だけではない。この城に住む他のシーフォン達の家にも、それぞれ仕えている。従者とは主人に仕える者のことだ。雇い主が主人となる。お前の侍女や乳母は私が雇い入れている。だから私の従者だ」

「では家臣はシーフォンがなり、従者はアルピンがなるということですか？　アルピンは家臣になれないのですか？」

フェイワンの疑問に、ランワンは少しばかり目を見張った。この短いやりとりで、よくそこまで気づけたものだと驚いたのだ。親馬鹿かもしれないが、とても聡《さと》い子だと嬉しくなった。

ランワンは相好を崩して、フェイワンの頭を何度も撫でた。フェイワンは、ランワンが質問に答えず、ただ笑顔でしきりに頭を撫でてくることを不思議に思って、戸惑いの表情をみせた。だが父が笑顔で頭を撫でてくれるのは嬉しい。少しばかり頬を上気させて、満更でもない顔で大人しく撫でられた。

「いいところに気づいたな。決してアルピンが家臣になれないということではない。優秀な者であれば、家臣に引き立ててもいいと思っている。実際のところ、国内を守る兵士達の最高責任者である国内警備長官は、シーフォンが務めているが、いくつもの隊をまとめる隊長には、優秀なアルピンがその任についている。だから各大隊の大隊長などは、王の家臣と言っても間違いではないだろう。ただアルピンの寿命は、我々と比べるととても短い。優秀な者を取り立てて、重要な役目を与えたくても、ほんの僅かな期間しか務めることが出来ないんだ。だから家臣にするのは難しいのだよ」

「そうなのですか……」

フェイワンは初めて知ったというように驚いている。

「アルピンが我々シーフォンよりも寿命が短いことは習わなかったのかい？　いや、アルピンだけではない。人間というものはとても寿命が短いのだ。もっとも我々竜族の寿命が長いのだと言った方が正しいのかもしれないが……」

「竜族の寿命がとても長いということは聞きました。人間達の何倍も生きるのだと……」

フェイワンはそう答えながらも、腕組みをして考え込んでいる。子供であるフェイワンには、まだ『寿命』の意味が正しく理解出来ていないのかもしれないと、ランワンはそれを見て感じた。まだ外の世界を知らず、死に触れたこともない子供にとっては、寿命と言われたところでピンとこないのだろう。

「フェイワン、お前はいくつになる?」

「五十四……もうすぐ五歳になります!」

フェイワンが少しばかり得意気に言ったので、一歳でも大人に見られたいのだろうと、ランワンは微笑ましく思った。

「五十五歳か……早いものだな……フェイワン、アルピンの平均寿命は、大体お前の年齢くらいなんだよ」

「え!? 僕の年齢? 五十四……五十五歳くらいなのですか?」

「そうだ。長生きしても六十代半ばがせいぜいだろう。お前の侍女や乳母達は、お前にとってはとても大人に見えているだろうが、みんな年齢は二十歳から三十歳くらいの者ばかりだ。だがもちろん子供ではない。立派な成人だ。そして城内で働くアルピン達は、四十歳くらいで引退する。お前は覚えていないだろうが、お前が赤子の頃に最初に世話をしてくれていた乳母達は、すでに亡くなっていて、もうこの世界には存在しないのだよ？」

フェイワンは酷く慌てた様子で、部屋の中を見回した。離れたところに控えているフェイワン付きの侍女や乳母を見て、他の王の私室の侍女達へ視線を移して、言葉もなく愕然としている。

今まで侍女達が何歳なのかなんて考えたこともなかったし、聞いたこともなかった。彼女達は、父と同じような大人に見えるのに、自分の半分の年齢なのだということに驚いたし、自分と同じ年齢になったら死んでしまうのだということにも驚いた。寿命が短いということは、早く大人になるということだと、今初めて理解した。

「アルピンは二十歳で成人だが、十五歳から働き始める。とても優秀な者がいたとして、その者に重要な役目を任せられるとしたら、三十歳を過ぎてからくらいだろう。だが四十歳で引退してしまう。たった十年しか任せられないのだとしたら、家臣に取り立てるのは難しいのだよ」

ランワンはより具体的な数字を示すことで、フェイワンの理解を促した。フェイワンも神妙な面持ちで考え込んでいる。

「サリー」

フェイワンが、離れたところに控えている乳母を呼んだ。呼ばれた乳母は、少しだけ歩み寄って「なんでしょうか？」と優しく尋ねた。

「サリーは何歳なの？」

「私は三十五歳になります。殿下の乳母となって十年になります」

「サリーには子供はいるの？」

「はい、娘と息子が一人ずつおります。息子は十二歳……ちょうど殿下と同じくらいの年頃です。娘は十六歳になります。将来は侍女になりたいと言っていて、昨年から下働きとして洗い場で働いております」

「ええ！」

フェイワンは驚きの声を上げた。無意識にランワンの上衣の端をぎゅっと握っていた。そんなに大きな子供が二人もいたなんて知らなかった。十二歳と言ったら、フェイワンにとっては赤ちゃんだけれど、自分と同じくらいの年頃だと言われると混乱してしまう。娘の方はもう城で働いているなんて……。

「ほ、他の乳母も？　アシャやカーラも？　子供がいるの？」

さらに尋ねられたサリーは、一瞬答えに躊躇して、窺うようにランワンを見た。ランワンは静かに小さく頷いて、答えてもよいと示した。

「殿下の乳母として選ばれる者は、皆子供がいる者ばかりです。子育ての経験のある者にしか乳母の役目は務まりません。アシャもカーラも子供がいます。カーラは私達の中で一番若い二十八歳です。子供もまだ小さいですね」

「カーラは乳母になってまだ四年だよね。カーラの前に乳母だったテルマは、今どうしているの？」

「テルマさんは四十歳で引退なさったので、乳母を辞められてからはもうお城勤めはされていません。お孫さんのお世話をしながら、元気でいらっしゃるはずです」

フェイワンにとっては色々と驚くことばかりだった。今まで全く気にしていなかったが、周囲の者達にも、家族がいて、それぞれの生活があるのだと初めて知った。それは本当に衝撃だった。

「フェイワン、ずいぶん話がそれてしまったけれど……アルピンである乳母や侍女や兵士達は、家臣ではないけれど我々に仕えてくれている大切な従者だ。アルピン達はとても勤勉で、忠実だ。従者としてお前を守り世話をしている。お前の乳母達は私の従者だから、私の命令でお前に仕えていると言ったが、もしもお前の従者なのだとしたら、どうするつもりだ？」

「どうするつもり……というと？」

フェイワンはまだ衝撃の余韻が抜けていないのか、少し呆けたような顔でランワンの問いに首を傾げる。

「お前が最初に言ったのだろう？　乳母達は私の命令でお前を守るために、そばにいてくれるのだからお前が後からゆっくり来いと言っても、乳母達はそうですかと言うわけにはいかないのだと私が言ったら、お前は『僕が良いと言っても、だめなのですか？』と言った。お前は彼女達を自分の家臣だと思っていたからだ。だから問うたのだ。今、お前はすべてを理解したはずだ。家臣の意味、従者の意味……その上で、もしもお前の従者なのだとしたらどうするつもりだ？　お前は早く私に会いたいという理由だけで、勝手に飛び出して、乳母達には後でゆっくり来いと命じるのか？　お前はそれが正しい主君の姿だと思うのか？」

ランワンの重ねる言葉のひとつひとつが、今ははっきりとした意味を持って聞こえていた。さすがのフェイワンも、もう幼子ではないので、なぜ乳母や兵士が、フェイワンの単独行動を許さないのかということは理解している。たとえ厳重に守られた城の最上階であっても、皇太子であるフェイワンがたった一人で廊下を歩くことは許されない。フェイワンを守ろうと付き従う乳母達に『後でゆっくり来い』と言うことが、とても愚かなことなのだと分かる。

フェイワンはまだ自分の身を守ることも出来ない子供だ。そんなフェイワンを守ってくれている従者に言うべき言葉ではない。

そしてフェイワンは気がついた。乳母のことも侍女のことも、何も知らなかったのだ。彼女達がどのようにして選ばれて、フェイワンの世話をしているのかも知らない。そもそもアルピン達がどのうに生活をしているのかも知らない。アルピンはエルマーン王国の国民だ。自分の国の民なのに、フェイワンは知らないことばかりだ。これで皇太子だなんて威張って言えるのだろうか？

父が『お前には従者を雇う権限がない』と言った意味がようやく分かった。

「父上……申し訳ありません。僕はまだ何も知らない子供でした」

フェイワンは言い訳も何もせずに、ただそう言って頭を下げた。それはランワンにとってとても嬉しい反応だった。思わず目を細める。

「フェイワン、自分に足りないものがあるのだと気づいたら、それを学べばいいんだよ。そして色々な人に教えを請いなさい。ウェンシュはもちろん、乳母や侍女や兵士だって構わない。もちろん私でもいいよ。尋ねれば、みんなが快く答えてくれるだろう。その者が分からない時は、きっと一緒に答えを探してくれるはずだ。お前は一人ではないし、お前が頼るのは父だけではない。この国の誰もがお前の味方だ。それを忘れてはならないよ？」

「はい、分かりました」

フェイワンは落ち込んではいなかった。強い意志の宿るまなざしで、まっすぐにランワンをみつめて元気に返事をする。ランワンはそんな息子を頼もしく思い、満足気な笑みを浮かべてフェイワンを抱きしめた。

「そういうわけで、またひとつ皇太子としての自覚を持ったフェイワンへのご褒美に贈り物をしたいと思うのだが、何を贈るか悩んでいるんだ。何が良いと思う？」

執務室でランワンから話を聞かされたダーハイは、苦笑しながら頭をかいた。

「全く、この親馬鹿」

他に言葉が出てこない。

「ちょっと甘やかしすぎじゃないか？」

ついでにそう付け足した。

「そうか？　お前だってタンレンをかわいがっているだろう」

完全に仕事の手が止まってしまっているランワンに、ダーハイは急《せ》かすように自分が持ってきた書類の束をトントンと指で叩いた。

「まあ、かわいがっているけど……お前ほどじゃないよ。普通だよ。大体うちのタンレンは、もっと単純だからな。食べるか、遊ぶか、寝る……だ。自分の従者がどうだこうだなんて、全く考えてもいないぞ」

「フェイワンは、私よりもよい王になると思う」

ランワンは、書類にサインをしながら、嬉しそうに言った。ダーハイは、そんなランワンをみつめて、少しだけ困った顔をした。こんな時、冗談交じりに『そうだな』と気軽に言えたら、どんなに楽だろうと思っていた。だがダーハイは、冗談でも言えずにいる。果たしてフェイワンを成人させられるのか？　という一瞬の迷いで、即答出来なかったらもう言えないのだ。少しの間が、ランワンに気遣わせてしまうと意識してしまう。

「贈り物ね……もう色々な物を贈っているんだろう？」

ダーハイは誤魔化すように話を戻した。

「本とか筆記具とか……勉強に必要なものは贈ったが……」

「フェイワンが、またひとつ皇太子としての自覚を持ったことへのご褒美なんだろう？　そんなに仰々《ぎょうぎょう》しいものじゃなくてもいいんじゃないか？　ちょっとしたご褒美で……タンレンなんかは、美味しい菓子でもやれば、大喜びするぞ？」

ダーハイが首をすくめて笑ったので、ランワンもつられて「かわいいな」と言って笑った。

「まあ、そうなんだが……ちょっとしたご褒美はわりとたくさんあげているんだ」

「たくさん？　やっぱり甘やかしすぎだぞ」

ダーハイがまた呆れる。だがランワンはいつもその言葉には無反応だ。完全に無視するつもりのようだ。ダーハイもその反応には慣れているので、これはすでに口癖のようなものだ。

「フェイワンが皇太子としての自覚を、またひとつ持って……勉強への姿勢も少し変わったらしい。ウェンシュから報告があった。だからその成長に繋がるような物を贈ってやりたいんだ。ただのご褒美というだけじゃなくて……」

ランワンが考え込むようにしながらそう言うので、ダーハイも腕組みをして、少し真面目に考えることにした。

「それなら……練習用の剣とかどうだ？　六十歳になれば、本格的に剣術の練習をすることになる。まだ数年先だが、先に剣を贈れば励みになるだろうし、素振り程度ならば、たまにお前が教えてやれば喜ぶだろう」

ダーハイの武人ならではの発想に、ランワンが顔を上げてみるみる笑顔になっていく。

「ダーハイ！　たまにはいいことを言うじゃないか！」

「たまには？　お前なぁ……オレに期待してないんだったら、相談するなよ」

「いやいや、期待しているよ」

「この野郎」

「ダーハイ、さっきから『お前』とか『この野郎』とか、言葉が悪くなっているよ？　ラウシャンに聞かれたら『公私混同はいけません』って怒られるぞ」

ランワンが笑いながらそう言った時、扉をノックする音がした。侍女が扉を開けに行くと、ラウシャンが現れた。それを見て、ランワンとダーハイは思わず顔を見合わせた。

「なんだか楽しそうですが、今は休憩時間ですか？」

まだ成人して間もない若者のように見えるが、醸《かも》し出す風格は堂々とした威厳に満ちている。カツカツと踵《かかと》を鳴らして、ランワン達に歩み寄り、ピシリと背筋を伸ばして立った。その美しい双眸《そうぼう》に不似合いな眉間のしわから、決して機嫌がよくないのだと察せられる。

「いや、すまない。少しばかり雑談をしていただけだ。ラウシャン、どうかしたのかい？」

ランワンが、そんな不機嫌そうな様子のラウシャンを気遣って尋ねると、ラウシャンは一瞬首を傾げてから、ちらりとダーハイを見た。ダーハイは愛想笑いをして、少しばかりランワンの執務机から離れた。

「いえ、急ぎではありませんが、来週予定している接見予定と会談予定が、少しばかり変更になりましたので、リストをお持ちしました」

そう言って差し出したリストを受け取り、ランワンは黙って目を通した。すぐにラウシャンの不機嫌の理由が分かったので、思わず苦笑した。

「ラウシャン……チンユンと喧嘩していないだろうね？」

「別に喧嘩などはしておりません」

ラウシャンはツンとした顔で答えた。ダーハイもランワンからリストを受け取り目を通す。

「増えているじゃないか」

ダーハイは素直に口に出していた。

「チンユン殿が、勝手に二組の接見を加えていたのです。外交上どうしても必要だと言い張っていましたが、どうせいつでも王に会わせるとか調子いいことを言って約束してしまったんでしょう。無理して陛下が会うほどの相手ではありません。せっかく調整していたというのに……」

出来るだけフェイワンとの時間を作りたいというランワンの希望と、ランワンの体調を案じるラウシャン達の配慮により、王への謁見希望者はかなり厳選されていた。だが外務大臣のチンユンが、時折『外交上の理由で』と勝手に追加することがある。

そのたびに外務次官であるラウシャンが、目を三角にして抗議していた。

チンユンは確かに外交手腕に長《た》けている。とても優秀な男だ。他国からの評判もいい。『外交上の理由で』という言い訳も、もちろん正当なものだし、追加すると言っても一組か二組程度なので、チンユンもかなり配慮しているのは周りも理解していた。だから誰もそれを咎《とが》めることはないし、ランワン自身も仕方がないと承知している。

毎回噛みついているのはラウシャンだけだった。

「チンユンは外務大臣だ。君の上司なのだから立ててやってくれ。彼は中位のシーフォンだ。ロンワンである君が異を唱《とな》えれば、従うしかなくなってしまう。血の力で相手を屈服させてはならないよ？　覇気はもってのほかだ」

ランワンは仕方ないなというように、苦笑しながらラウシャンを窘めた。ラウシャンがランワンのことを思って怒っているのだと分かっているので、厳しく言うことは出来ない。

シーフォンには、血の力という抗《あらが》えない上下関係がある。だから要職に就くのは、比較的上位のシーフォンと決まっていた。下位の者が上役になった場合、部下の方が血の力が強いと、指示系統が無効化してしまうからだ。

だがチンユンは、その優秀さから中位であるにもかかわらず、外務大臣に抜擢《ばってき》された。次官としてラウシャンがいるのだが、ロンワンであるラウシャンの方が、圧倒的に血の力が強い。だからランワンは、いつもラウシャンに注意しなければならなかった。

「立ててやっているから、このように追加されてしまうのです。彼はなかなかに強《したた》かですよ。私が怒ると分かっていてやっている。毎回相談もなくさっさとリストを書き換えて、私がいない隙を見計って私の机に置き、そのまましばらく姿を消すのだから確信犯だ。私が文句を言ったところで、適当なことを言って誤魔化す……私が陛下から彼を立てるように言われているのを知っているんだ。覇気を使わないと分かっててやっているのだから、小賢《こざか》しい」

ラウシャンはよほど不満が溜まっていたのか、饒舌《じょうぜつ》になっている。ランワンは穏やかな表情で、時々頷きながらそれを聞き、ダーハイは眉根を寄せて腕組みしながら聞いている。

「一度、チンユンをここへ呼び出そうか？　相談もなく勝手にというのは、少しばかり問題だな。接見の人数が増えるということは、時間が予定より長引くということだ。警備の問題もあるから、オレの方にも事前に相談してくれなければ困る。後でこのように勝手な変更をするのならば、週の初めの会議で事前に報告して、各所で調整をする意味がなくなってしまう」

ダーハイまで怒り始めたので、ランワンは二人を交互に見てため息をついた。

「もとはと言えば私が悪いんだ。最初に変更をしてきた時に、私が何も言わずにそれを承認したので、そのままなし崩しになってしまった。それに接見や会談の回数を減らしているのは、私の我が儘な私的都合や、私の体のことを気遣う君達の配慮によるものだ。王としての務めを果たしていないのも確かだ。外務大臣として、各国との調整には頭を悩ませているのだろう……一度チンユンと話をしてみよう。ただしその場には君達は同席させないからね？　争うつもりで呼ぶわけではないんだから」

ランワンは二人を宥めるように話した。二人は相変わらず眉間にしわを寄せている。不満だがランワンの意見を尊重して反論するつもりはないらしい。何も言わないのは承諾したものとみなして、ランワンはほっと息を吐き笑顔で二人を見た。

「ところで……さっきの話の続きがしたいんだけど……ラウシャンが来てくれたからちょうどよかった。君に頼みがあるんだ」

さっさと話題を変えてしまおうとばかりに、ランワンがラウシャンに向かってそう言った。ラウシャンは『さっきの話の続き』が何なのか分からないので、真面目な顔で「なんでしょうか？」と答えた。ダーハイも一瞬何のことか分からなかったのか、きょとんとしていたが、すぐに『ご褒美の話か』と気づいたようだ。

「実は子供用の剣を購入したいんだ。フェイワンに贈るための練習用の剣なのだが、子供用だから全体的に小さなものになるので、特注になるんだろうね？」

「殿下のための練習用の剣ですか？　それは……木剣ではなく、鉄製の剣ということでしょうか？」

ラウシャンが怪訝《けげん》そうな顔で聞き返した。通常、練習用には木剣を使うからだ。

「鉄製だ。我々がいつも剣を購入しているカリストス王国に、特注出来るか打診してはもらえないだろうか？　急ぎではないから日数がかかっても構わない。練習用だから剣身に刃は入れないでほしい。子供用なので長さは三分の二くらい、柄は一回り細く、剣幅なども全体的に三分の二になるような感じだな。少し軽くしてもらいたいので、その分剣身が薄くなってもいいが、簡単に折れてしまうようでは困るから、耐久性を考慮してほしい。もちろん多少は値が張っても結構だ。それから拵《こしら》えは普通の物にしてくれ、装飾はこちらでしたいと思う」

ランワンが考えながら、次々に閃《ひらめ》いたことを言っていき、ラウシャンは懐《ふところ》から手帳を取り出して、書き留めていった。

「ラウシャン、頼まれてくれるか？」

「はい、すぐに打診いたします」

ラウシャンは一礼をして、素早く去っていった。ランワンとダーハイはそれを見送り、少しの沈黙の後、ダーハイが呆れ顔でランワンを見て口を開きかけたが、ランワンは微笑みながら右手を挙げてそれを制した。

「ラウシャンは、一言も親馬鹿とは言わなかったよ？」

「いや、まあ、確かにそれは意外でした。ラウシャンならば、まあ……陛下に対して親馬鹿などという言葉は使わないまでも、甘やかしすぎというような意味の小言を言いそうだと思ったんだが……」

ダーハイはそう言って肩をすくめた。

「ラウシャンは優しいんだよ？」

ランワンはクスリと笑って言った。


それからひと月ほどして、ランワンの下にカリストトス王国から注文した剣が届けられた。

「思っていたよりも早かったな」

ラウシャンが持ってきた箱を開けると、ランワンが思っていた通りの大きさの剣が現れたので、嬉しそうに目を細めながら呟いた。

「私としてはもっと早く届くと思っていたのですけど……出来る限り軽くしつつ、強度を上げるのに試行錯誤したようです」

　ラウシャンの説明に、ランワンは目を丸くした。カリストス王国の職人が、そこまでこだわってくれたのかと驚いたのだ。柄を握って持ち上げてみてさらに驚いた。

「軽い……剣身は確かに薄いが……剣先を強く押してもまったくびくともしない……確かに強度はあるようだ」

　ランワンは剣を掲げて、まじまじとみつめた。剣身には凹凸がほとんどなく滑らかで、鏡のように磨き上げられている。ランワンの顔が映っていた。鍔《つば》や握りなどの柄の部分は、特に何の飾りもない一見質素な拵えだった。これはランワンが、こちらで装飾をすると言ったので、あえて作りこまなかったのだろう。

「満足していただけましたか？」

「これが不満そうな顔に見えるかい？」

　ランワンが笑顔で答えたので、真面目な顔をしていたラウシャンもつられて薄く笑みを浮かべた。

「拵えはいかがいたしますか？」

「私の剣に似せて作ってほしい。柄頭《つかがしら》には赤い宝石を……それと鞘も作ってくれ」

「かしこまりました……職人に説明するために、少しばかり陛下の剣をお借りしてもよろしいですか？」

「もちろんだ」

ランワンは立ち上がると、背後の壁の剣置きに掛けられた愛剣を手に取った。

「持っていってくれ……あ、それからフェイワンには来年渡すつもりだから、年内いっぱい……残り三月かかっても構わない。時間をかけていいものを作ってほしい」

「かしこまりました」

ラウシャンはランワンの剣を受け取ると、「陛下の方が嬉しそうですね」と言って笑った。剣を元の箱にしまい、箱とランワンの剣を両脇に抱えて、ラウシャンは一礼した。

「ラウシャン」

去ろうとしたところを呼び止められ、ラウシャンは何か忘れていたかと一瞬辺りに視線を向けて、ランワンに向き直った。視線が合うとランワンは、少しばかりバツが悪そうに顔を歪める。

「君は……親馬鹿とは言わないいんだね」

「は？」

急にそう言われて、ラウシャンは何のことかと驚いた。

「たかが練習用の剣にここまでするなんて……そうは思わなかったのかい？」

「いいえ」

ラウシャンがさらっと否定したので、ランワンは思わず目を瞬かせてラウシャンを二度見した。

「いいえ……って……随分きっぱり言うね」

「陛下はご自分の行動を、親馬鹿ゆえだとお思いなのですか？」

「え？」

「恐れながら……陛下にはフェイワン殿下しかお子様がいらっしゃいません。人間とは違い、先妻がいなくなったから後妻をというわけにもいきません。殿下は唯一の御子であり、お世継ぎなのです。ですから殿下に与える物は、よりよい物をとお考えになるのは当然のことです。それに殿下のためにもよいはずです。きっと剣術の稽古に身が入ることでしょう。……これだけしっかりしたものならば、ずっと長く陛下との思い出として、手元に残るでしょう……」

ランワンが思っていたことを、ラウシャンがすべて言ってくれた。それだけで自分は間違っていなかったのだとランワンは嬉しくなる。

「君は……本当に優しいね」

「からかわないでいただきたい」

ラウシャンは、ムッと眉間にしわを寄せて、くるりと背を向けると足早に部屋を出ていってしまった。ランワンは笑いながらそれを見送った。

年が明けて一年の始まりの日には、城の前庭にアルピン達国民が集まって、竜王と王妃から祝いの言葉を賜る新年の行事が行われる。城の三階中央には、前庭が一望出来る専用のバルコニーがあり、日に三回ほど王と王の家族がそこに立ち、国民達にその姿を見せるのだ。

アルピン達がその目で竜王や龍聖を、確実に見られる機会はその時ぐらいなので、誰もがそれを楽しみにしていた。特に王子や王女が公《おおやけ》の場に出るのはこの時だけだ。そのため年末には関所を閉ざし、他国の民は全員強制退去させられて、年明けの五日までは、エルマーン王国の国民しか国内にいない。

「陛下、準備が整いました」

控えの間でフェイワンとともに寛ぐランワンに、ダーハイがそう伝えると。ランワンは、「では行こうか」と立ち上がり、フェイワンと並んでバルコニーへ向かった。

兵士達が奏でるファンファーレを合図に、バルコニーの扉が開くと、ワアッという群衆の歓声がさらに大きくなる。バルコニーの端まで進み、ランワンとフェイワンの姿が、国民達の目にはっきりと視認されると、城が揺れるほどに歓声が大きくなる。

「竜王様！」

「フェイワン様！」

人々は口々にそう叫び、手を振っている。父親に肩車をされた小さな子供も、嬉しそうに手を振るのが見える。皆の笑顔を見て、ランワンは安堵の息を漏らした。

『まだこの国は大丈夫だ』

ランワンが頷き軽く右手を上げると、群衆は一瞬にして静かになった。ざわりと沢山の人々のざわめきは聞こえるが、もう大声で叫ぶ者はいない。竜王が祝いの言葉を述べるのだと、誰もが知っているからだ。

皆のまなざしが、ランワンに向けられる。

「一年を無事に終えて、また新しい年を迎えることが出来た。大きな困難もなく、平和な日々を送ることが出来るのは、皆のおかげだ。エルマーン王国の国民一人一人が、この国の民であることに誇りを持ち、日々を誠実にせいいっぱい生きてほしい。私も皆のことを誇りに思っている。私の心はいつも皆とともにある」

ランワンの朗々《ろうろう》とした声は、魔力を使って増幅されて人々の耳に届いた。アルピン達は感動に打ち震え、泣きだす者までいる。

シンとした静寂の後、再び割れんばかりの拍手と歓声が沸き起こった。

フェイワンは、興奮した面持ちで眼下を見下ろした後、隣に立つランワンを見上げた。ランワンもフェイワンへ視線を向けると、微笑みながら皆に手を振り返すように促した。

フェイワンが慌ててアルピン達に向けて大きく手を振ると、またワアッと一際高く歓声が上がる。

フェイワンはこの年の初めの行事が大好きだった。国民と触れ合うことが出来る唯一の行事であり、父が王として国民から慕われていることを実感出来るからだ。

前庭にぎゅうぎゅうに詰めかけた人々が、全員とても嬉しそうに見える。満面の笑顔ばかりだ。どんなに目を凝《こ》らして隅々まで見渡しても、退屈そうな顔や不満そうな顔の者など、一人も見つけることが出来ない。

日に三回入れ替えで、国民全員に祝いの言葉を掛けられるようにしているのだが、遠くに見える大きな門の前には、早く中に入りたいと待ち構えている人々の姿も見える。

こんなに慕われている父上は、なんて凄いのだろうと、興奮が収まらなくなるのだ。

「殿下、そろそろ中にお戻りください」

ダーハイに肩を軽く叩かれて、そう耳打ちされてフェイワンは我に返った。歓声にすっかり酔ってしまっていたようだ。ランワンに手を握られて、そのまま一緒に城の中へ戻っていった。

扉が閉まってもまだ歓声が聞こえる。フェイワンの興奮も収まりそうになかった。

「フェイワン、座りなさい」

ランワンに促されてソファに座る。だがフェイワンは、ふわふわと体が浮いているような心地になっていた。

「さあ冷たい水だ。これで少し落ち着きなさい」

ランワンから水の入ったコップを渡されて、言われるままに水を飲んだ。喉を冷たい水が通り、ひやりとして小さく体が震えた。ふわふわとした夢見心地から、一気に目が覚めたような気がして、はあっと息を吐く。

「落ち着いたかい？」

ランワンに優しく問われて、フェイワンはコクリと頷いた。

「僕は……毎年のことだけど、いつも興奮してしまいます。あんなにたくさんの人達が、みんな父上を慕って敬《うやま》っているのが見て分かるから……すごいって思います」

「みんなお前の名前も呼んでいたよ？　気づいていたかい？」

「は、はい……だけどやっぱりみんな父上に会いに来たのです。父上の言葉に喜んでいました」

頬を上気させて興奮気味にフェイワンが語るので、ランワンは笑いながら、フェイワンの額にそっと手を当てた。

「そんなに興奮すると今日一日もたないよ？　去年は三回目の時に熱を出してしまったではないか……今年はちゃんと最後まで務めると言っていただろう？」

ランワンが柔らかな声で宥める言葉を聞きながら、フェイワンは目を閉じた。額に当てられたランワンの手から、ほわほわと温かいものが流れ込んでくるような、とても心地よい感覚に、体の熱が引いていくのを感じた。

フェイワンは、ほうっと息を吐いて肩の力を抜いた。

「はい、ごめんなさい」

フェイワンがすっかり落ち着いたのを見て、ランワンはダーハイと視線を交わして笑みをこぼした。


その日三度の年始の祝いを行った後、ランワンはフェイワンとともに王の私室へ戻った。

「疲れたかい？」

「いえ、大丈夫です」

上機嫌でフェイワンが答えたので、ランワンは少しばかり安堵した。少しずつだが体力がついて丈夫になってきているのを実感する。

竜王の世継ぎは、他のシーフォンの子に比べると魔力がとても多い。幼い頃は魔力器官が未熟なため、体の中に余分な魔力が溜まり、熱を出すことがある。体力がないうちは、寝込んでしまうことが多かった。

フェイワンも例外ではなく、ランワンは自分が与える魂精では、何か足りないのではないかと不安に思うこともあった。だがフェイワンは確実に成長している。体の成長だけではなく、魔力器官も発達しているようだ。二年前よりも去年、去年よりも今年と、一年一年目に見えて丈夫になってきている。

ランワンは王の私室まで一緒に来たダーハイに目配せをした。ダーハイは小さく頷き、一旦居間から離れると、横長の大きな箱を抱えて戻ってきた。

「フェイワン、実はお前に贈り物があるんだ」

「贈り物……ですか?」

ランワンの言葉に合わせるように、ダーハイがソファの前のテーブルに箱を置いた。フェイワンは不思議そうな顔で箱とダーハイとランワンを順にみつめる。

「開けてごらん」

ランワンに促されて、フェイワンは箱に掛かる金の留め具をカチャリと外し、ゆっくりと蓋を持ち上げた。

「わあ！」

フェイワンは思わず驚きの声を上げる。箱の中には見事な細工の美しい剣が収められていた。

「父上！　これは……」

「お前の剣だ」

言われて反射的に顔を上げて、ランワンの顔をじっとみつめた。その瞳はキラキラと輝いている。微笑むランワンの顔を確認すると、それが嘘ではないと分かったのか、満面の笑顔で改めて箱の中の剣をまじまじとみつめた。

革の鞘に収められた剣は、金色の柄に見事な細工が施されており、柄頭には大きな赤い石がはめられている。

フェイワンはそっと鞘の部分に触れた。艶のある上質な革に模様が刻まれていて、指先で触れるととても気持ちよかった。鞘口と鞘尻に補強のための金具が付いていて、それも金細工になっている。

「これ……持ってみてもいいですか？」

「もちろんだ。お前の剣だと言っただろう？」

遠慮がちに眺めるだけのフェイワンを見て、ランワンは思わず噴き出しそうになった。優しくもう一度促すと、フェイワンは恐る恐る両手で剣を持って箱から出した。

左手で鞘を持ち、右手は柄を握ってゆっくりと剣を鞘から引き抜いた。美しい銀色の剣身が現れる。

それはまるで鏡のように磨き上げられていて、フェイワンの顔を映していた。

フェイワンは息をするのも忘れて剣に見入っていた。

「どうだい？　気に入ったかい？」

ランワンが尋ねると、フェイワンは小さな声で「もちろんです」と呟くように言った。そして剣を鞘に戻して、静かに箱の中に置き直した。

大きく息を吐いて脱力したかと思うと、勢いよく顔を上げてランワンを見た。

「父上、どうしてこれを僕に？」

「お前が勉強に励んでいることへのご褒美だ」

ランワンの言葉に、フェイワンはぽかんとした顔でいる。

「どうした？」

意外な反応にランワンが思わず聞き返すと、フェイワンは戸惑いがちに視線をさまよわせた。

「僕は……普通に……勉強をしているだけです。こんな素晴らしい物を、ご褒美にいただくほど……何も……」

これにはダーハイがたまらず噴き出していた。大きな声で高らかに笑うダーハイに、フェイワンもランワンも驚いている。

「ダーハイ……何がそんなにおかしい……？」

「いや、だって……殿下の方が、お前の親馬鹿に戸惑っているじゃないか」

ダーハイが笑いながらそう言ったので、ランワンはむっとした顔で睨みつけた。

「フェイワン、六十歳になったら、お前も剣術の訓練を始める。あともう少し先だが、これがあればお前もやる気が出ると思ったんだ。最近のお前は、国民の暮らしや、世界の情勢などにとても興味を示していると、ウェンシュから報告を受けている。王の世継ぎとしての自覚が出てきたと、ウェンシュが褒めていたんだ。だから学問だけではなく、剣術も頑張るように……これは褒美と言ったが、お前に対する期待の証《あかし》だと思ってくれればいい」

ランワンは気を取り直して、フェイワンに説明を始めた。フェイワンも真剣な顔で聞いている。

「では、父上は後継ぎとして僕に期待してくださっているのですか？」

「もちろんだよ。お前は私の自慢の息子だ」

そう言ってフェイワンの頭を撫でると、フェイワンは少し赤くなりながらも嬉しそうに笑った。

「殿下、その剣は王の剣と同じだとお気づきですか？」

「え？」

ダーハイが横からそっと言ったので、フェイワンは分からないという顔をしてダーハイを見た。

「ああ、私のこの剣だよ」

ランワンが腰の剣帯の金具を外して、愛剣をフェイワンに見せた。年明けの行事のため、ランワンは正装をしていた。だから普段は下げていない剣を、すぐに見せることが出来た。

ランワンが見せてくれた剣はとても立派なものだった。そしてフェイワンに贈られた剣と拵えがとてもよく似ている。

「父上の剣を小さくしたようですね」

「ああ、そうだ。私の剣とお揃いだ」

ランワンがそう言うと、フェイワンは弾けるような笑顔で、嬉しそうに自分に贈られた剣を改めて手に取った。

「父上と同じ……」

「お前のその剣には刃が付いていないので、触ったところで誤《あやま》って切ることはないが、鉄で出来ているので当たれば痛いし、むやみに振りまわしたら危ない。正しい剣の扱い方を習うまでは、一人でそれを扱ってはならないよ」

「はい、父上」

フェイワンは鞘に入った剣を大事そうにそっと胸に抱きしめた。

「殿下は、陛下が剣を振るうところは見たことがないのですか？」

「見たことがありません」

フェイワンは、ランワンと一緒に中庭へ散歩に行った時に、遠くでシーフォン達が剣術の訓練をしているのを何度か見たことがあったが、父が剣を振るうところは一度も見たことがなかった。そのせいもあって、ランワンの愛剣の印象が薄かったのかもしれない。

「陛下は剣術がお得意なのですよ？　とても綺麗な剣筋でいらっしゃる」

「ダーハイ様とどちらが強いのですか？」

フェイワンがキラキラとしたまなざしで尋ねると、ランワンとダーハイは思わず顔を見合わせた。少しの間の後「同じくらいだ」と同時に答え、顔を見合わせて思わず笑いだす。

「父上達の剣術が見てみたいです！」

少し興奮気味にフェイワンが言ったので、二人はまた顔を見合わせて少しばかり考えた。ダーハイは上手くはぐらかそうかと思ったが、ランワンが「少しだけだぞ」と言って立ち上がった。

「ランワン」

ダーハイが何か言いかけたが、ランワンは笑いながら「テラスに出よう」と言った。フェイワンは飛び上がって喜び、後を追いかける。ダーハイは気が進まないという様子で後を追った。

「フェイワンは危ないからそこで見ていなさい」

ランワンはそう言って、フェイワンをテラスと部屋の境目のあたりに立たせた。

「ランワン、今日は朝からずっと新年の行事で疲れているだろう。あまり無理はしない方がいい」

ダーハイがランワンに近づいて、そっと耳打ちをした。

「大丈夫だ。国民に挨拶をしただけで、他に大したことはしていないし……ダーハイ、少しだけだ。フェイワンにいいところを見せたい」

「……少しだけだぞ」

二人は剣を抜いて向かい合った。

「久しぶりだから、体が上手く動かないかも」

「それは負けた時の言い訳か？」

二人はニッと笑った。

互いに数歩間合いを取り、どちらからともなく剣を振るった。キーンッという高音が響き渡る。右に左に、二人の剣は空を切りぶつかり合った。だがそれは命を取り合うような激しさではなく、まるで舞を舞うように美しい動きだった。

ダーハイがまっすぐに剣を突けば、ランワンがひらりとかわして、そのまま上体を深く沈め、ダーハイの足を払うように剣を横に滑らせる。それをかわして、ジャンプしたダーハイは、後ろに飛び退き着地の反動を使って、再び前に飛び出した。

フェイワンは二人の動きから目が離せなかった。二人が剣技を披露したのは、僅かな時間であった。それでもフェイワンは心を奪われて、真剣に見入っていた。

「大丈夫か？」

剣を収めたダーハイが、肩で息をするランワンに歩み寄る。

「たったこれだけでこんなに息が上がるとは……運動不足だな……情けない。しかしお前に一歩も譲らなかったぞ？」

「手を抜こうと思ったが、抜く暇がなかった」

二人はそんな話をしながら、フェイワンの下に戻ってきた。

「フェイワン、どうだった?」

「すごいです……父上、すごいです! すごくすごく格好よかったです!」

フェイワンは頬を紅潮させて、少しばかり鼻息も荒くランワンを絶賛した。

「殿下……オレのことは褒めてくれないんですか?」

ダーハイが冷やかすように言うと、フェイワンは少し困ったように言葉を選んだ。

「叔父上も……すごいけど……叔父上は国内警備長官なのですから……強いのは当たり前ですよね?」

「……殿下はなかなかお厳しいですね」

三人は笑い出した。「中に入ろう」とダーハイに促されて、三人は部屋の中に入った。居間の中央に置かれたソファセットに三人が座ると、すぐに侍女がお茶の用意をした。

テーブルの真ん中に置いていたフェイワンの剣が入った箱を、ダーハイが横に置いて、お茶を置く場所を整える。その間もフェイワンは興奮した様子で、ずっと「父上はすごい」と言い続けていた。

「父上、僕に剣術を教えてください!」

とうとうフェイワンが我慢出来ずにそう言いだした。それはランワンにとっては想定内のことだった。剣を贈れば、きっとすぐにでもそう言いだすだろうということは想像出来た。その上剣技を見せたのだ。フェイワンが興奮するだろうということももちろん分かっていた。

「フェイワン、剣術の稽古が六十歳からである理由は、何度か話したね?」

「はい……体がまだ出来上がっていないからだと……」

「そうだ。もちろん体の成長には個人差があるから、もっと早くに体が出来上がる子もいる。体が出来上がるというのは、魔力器官が安定して、自身で魔力を自由に扱うことが出来る体になるということだ。だが竜王の世継ぎは、他のシーフォンに比べて魔力が多いので、体の成長だけではどうにもならない部分がある。それでも六十歳になれば、概《おおむ》ね自分で魔力を操ることが出来るので、六十歳からと決められている」

「はい」

フェイワンは何度も聞かされた話に、静かに頷いた。それは理解している。しかし最近はあまり熱を出して寝込まなくなった。廊下を走っても全く疲れなくなった。もう五十五歳なのだ。自分では体が出来ているのではないかと思っていた。

「殿下、さっきも見たように剣術には全身を使います。手や足だけではなく、腹や背中の筋肉も鍛《きた》えなければなりません。本格的な剣術の訓練は、殿下が思っているものの何倍も厳しいものです。先ほどのほんの僅かな時間の立ち合いでさえ、オレも陛下も息を切らしてしまったのはご覧になったでしょう?」

ダーハイに言われて、フェイワンは思い出してハッとした。確かに二人とも肩で息をしていた。フェイワンが廊下を走りまわっても、そんなに息を切らしたことはない。

「それに私はきちんと教えられるほど、剣術に長けているわけではない。生半可な気持ちで、剣術を習ってはいけないよ? 習うならば決められた通り、六十歳になってから剣術の先生に指導を受けなさい」

「分かりました。申し訳ありません」

しゅんと肩を落としてしまったフェイワンを見て、ランワンは小さくため息をついた。

「剣術の訓練は出来ないが……剣の持ち方くらいならば、教えてやろう。せっかくお前も自分の剣を貰ったのだからね」

「本当ですか！　父上！　ありがとうございます！」

「それならばオレも時々見て差し上げよう。剣を持たずに、空素振り程度ならば問題ないと思うし」

「叔父上！　ありがとうございます」

元気を取り戻したフェイワンが、嬉しそうに何度も礼を言うので、ランワンとダーハイは顔を見合わせて、苦笑いをした。


それから毎日、ランワンが剣の構え方を教えてくれるようになり、時々ダーハイが来て、剣を持たない状態での素振りの仕方などを教えてくれるようになった。

フェイワンは熱心に教えを請うた。

「フェイワン、くれぐれもやりすぎないようにするんだよ。剣を振ることだけが剣技ではないんだ。心も強くならなければならない」

「心ですか？」

「そうだ。どんな困難にもくじけない強い心が必要だ。フェイワン、我々は決して人間を傷つけたり、殺したりしてはならないことは知っているね？」

「はい、神からの天罰により、人間を傷つけたり、殺したりしたらそのまま自分の身に返ると教わりました」

ランワンは頷きながら、剣を構えたままのフェイワンに、剣を下ろすように促した。フェイワンは剣を下ろして、腰の鞘に収めた。

「少し休憩しよう」

ランワンはテラスに置かれた椅子のところまで移動して、フェイワンと並んで座った。それに気づいた侍女が、急いでお茶の用意をしてテラスに持ってきた。二人の前のテーブルに、湯気の立つカップが置かれる。

「我らが身に着ける剣術は、この国で編み出されたものだ。戦うための剣術ではあるが、相手を倒すための剣術ではない。身を守るための剣術だ。しかし本来剣とは、相手を傷つけ殺すためのもの……我らに向かって剣を抜く者は、我らを傷つけ殺そうとしてくる者だ。殺意を持って斬りかかってくる者を、傷つけず、殺さず倒すのは容易なことではない。それは技術的なことだけではないということだ」

「心ですか？」

ランワンは頷いた。そしてフェイワンの顔に、顔を近づけてじっと目をみつめた。

「殺意を持つ相手はとても恐ろしい。だが怯《ひる》んでしまったら負ける。恐れに打ち勝つ心を持たねばならない」

ランワンはそう言って顔を離した。フェイワンはゴクリと唾を飲む。

「たとえば目の前で大切な者を殺されてしまったとする。その怒りと悲しみに囚われて、敵を殺してしまってはならない。怒りに囚われぬ強い心を持たなければならない」

フェイワンは、その言葉に戦慄《せんりつ》を覚えた。

「武器を手にする以上、人間を傷つけ、殺してしまうかもしれないということを、常に忘れてはならない。ならばもう二度と戦わず、武器を取らないと誓った時もあった。しかしどんなに我々が戦いたくないと言っても、相手が許してはくれない。世界には色々な人間がいるのだ。我々に好意的な者ばかりではない。長い歴史の中で、我々は人間と共存する上では、戦いは避けては通れないことを知った。だから武器を持ち、自らを守る術《すべ》とした。分かるかい？　フェイワン」

じっと真剣な顔で聞いていたフェイワンだったが、最後まで聞き終えると少し視線を落として考え込んだ。ランワンは答えを急かすことはなく、静かにお茶を飲んで待った。

「父上のおっしゃることは分かります。剣技をどんなに磨いても、心が強くなければ、自らを傷つけてしまうということですね。でもどうやれば心が強くなれますか？」

フェイワンのまっすぐな澄んだ瞳に、愛する人のまなざしが重なって見えた。ランワンはせつなげに眉根を寄せて、優しくフェイワンの頭を撫でる。

「愛を知りなさい」

「愛？」

「そう、愛する人のためならば強くなれる。どんな困難にも打ち勝つことが出来る。恐ろしい殺意を向けられても、愛する人のために決して死ねないという勇気が湧く」

少し遠いまなざしで語るランワンの柔らかな声を聞きながら、まだ『愛』の意味が分からないフェイワンは、ぼんやりと『愛』について考えた。

「父上……でも、もしもその愛する人を目の前で殺されてしまったら……怒りのあまり敵を殺したくなりませんか？」

フェイワンの無垢な言葉に、ランワンはハッとして、少し悲し気な笑みを浮かべると、フェイワンの頬を撫でた。

「この世に愛する人がたった一人で、その人以上に失いたくない人が他にいなければ、復讐を果たすという選択もあるかもしれない。私はリューセーを……お前の母を失って絶望しかけたが、お前がいたから強く生きてこられた。だがお前まで失ったら、私は生きていけないだろう。だからどうかお前は、どんなことがあっても強く生きてほしい」

フェイワンは驚いたように目を見開いて、小さく身震いをした。

「ぼ、僕だって父上が死んでしまったら困ります！　父上がもしも誰かに殺されたら、復讐すると思います」

「フェイワン、お前が愛する者は、私一人ではない。いや、私一人であってはならない。お前にはもっとたくさんの愛を知ってほしい。これから健《すこ》やかに育って……成人して、愛する伴侶と、愛する子供に囲まれて幸せに生きてほしい。お前はこれから、もっとたくさんの愛を知るんだよ」

フェイワンは、父がどうしてそんなに悲し気に、でも優しく、そしてどこか嬉しそうに語るのか分からなかったが、その望みは叶えたいと思った。

「愛を知って……強くなるって誓います」

フェイワンの真摯な誓いの言葉に、ランワンは両手で息子を抱きしめた。

「強くなるんだよ」

心からそう願った。


フェイワンは、父の期待に応《こた》えるために、勉学に励んだ。約束を守って、剣の練習を一人ですることはせず、その代わり毎日剣を丁寧に磨いては、掲げて眺めたりして過ごした。

しかし一年が過ぎ二年目を迎える頃から、少しずつランワンは外遊などで留守をするようになった。ランワンからは、今までフェイワンが小さかったので、一人にすることが出来ず、ずっと外遊を控えていたのだが、もうフェイワンもずいぶん大きくなったので、少しずつ外遊に行くことにしたと説明を受けた。

フェイワンは、父に会えない日があるのは寂しかったが、自分のせいで父が王としての務めが出来なくなるのは嫌だったので、我慢しようと思った。

月に一度だった外遊は、やがて月に二度になり、十日に一度になった。そして外遊に行かない日でも、仕事で遅くなるから今日は会えないという日が時々あるようになった。

ランワンとの時間が減ってくると、代わりにダーハイが、剣術の基礎を教えると言って、たびたび来てくれるようになった。

「王様ってそんなに忙しいのですか？」

フェイワンが、剣をゆっくり振りながら、少し不満そうに呟いた。

「そうだな……我々家臣は代わりがたくさんいるけれど、国王の代わりはいないからな。我々で手伝えることはするけれど、国王にしか出来ない仕事は多い」

「……そんなに忙しいのなら、叔父上もオレの相手なんかせずに、父上の手伝いをしてきてください」

「殿下はオレが暇だと思っているのですね？」

ダーハイが苦笑して言ったので、フェイワンは赤くなって慌てて違うと否定した。

「そういうつもりではありません！　叔父上が時間を作って来てくださっているのは分かっていますし、とてもありがたいです。だけど……やっぱり、優先順位としては、オレよりも父上の方だと思って……」

フェイワンは、素振りをやめて少し肩を落とした。ダーハイは、一瞬哀《あわ》れむような視線を向けてため息をつく。

「そうだ。明日は一日休めると言っていたはずですよ」

「本当ですか？」

「ええ、本当です」

フェイワンが期待に満ちた顔でダーハイを見たので、ダーハイはニッコリと笑って頷いた。

「やった！　父上にはゆっくり休んでいただいて……そうだ。そこに横になって寛いでいただきながら、オレがここで素振りをして見せよう……それに話したいことがいっぱいあるし……」

わくわくしながら、明日の計画を立てるフェイワンを見て、ダーハイは心の内である決心をしていた。

ダーハイは北の城に来ていた。最奥の間へ続く廊下を足早に歩く。つき当たりの堅固な扉を開けると、眩しい光が溢れ出す。

天井も壁も真っ白な部屋がそこにあった。光に満ちた別世界のような広い空間。壁際にはたくさんの木々や草花が生え、小川のような澄んだ水の流れがあり、窓はないのに天井から眩《まばゆ》い光が降り注ぐ……そこは竜王の間と呼ばれる不思議な場所だった。

中央に置かれた石造りのテーブルセットに、書類を片手に仕事をするランワンの姿があった。

「ランワン、明日は城に戻って二、三日休息を取れ」

ツカツカと歩み寄ってきたダーハイから、いきなりそう言われたランワンは、不思議そうな顔を向けた。

「ダーハイ……いきなり何だ？　今週はここに籠《こも》って書類を片付けると言っただろう」

「別に籠ってやるほど緊急のものではないだろう。働きすぎだ。少しは休め……というか、体力を温存するために、この部屋に籠るのではなかったのか？　仕事をするくらいならば、向こうの城で休暇を取れ」

ランワンはため息をついて、ペンを置いた。ゆっくりとした仕草で、ポットからお茶を注ぐと、ダーハイに差し出した。

「少しぬるいが我慢してくれ」

「ランワン……」

ダーハイは『お茶をしに来たんじゃない』と言いたかったが、その言葉は飲み込んで、差し出されたカップを受け取ると、向かいの椅子に座ってお茶を飲んだ。

「この部屋は魔力に満ちているから楽なんだ。奥の皇太子が眠りにつく部屋はもっと濃い魔力に満ちているから、あそこで眠ると本当に元気になれる。もちろん魂精の代わりにはならないから、疲れを取って体力を温存するだけだが、その分少しだけ延命出来る。でも私が自力で動きまわれる時間は、あと十年もないだろう。そのうち寝たきりになるのは目に見えている。そうなる前に、片付けておきたいことはたくさんあるし、私が動けなくなった時の、国内の体制も今から準備しておかなければならない。のんびりする時間なんてないんだ。それはお前も知っているはずだ」

ランワンは頬杖をついて、ダーハイを非難めいたまなざしでみつめながら言った。ダーハイは、眉根を寄せてみつめ返す。

「ああ、知っているさ。たぶんこの国で、オレが一番よく知っている。なぜならお前が弱音を吐ける相手はオレだけだからだ。だからオレはすべてを受け止めて、お前のやりたいようにさせているし、そのための障害もすべてオレが取り去ると約束もした。だが今だからこそ、もう少しフェイワンとの時間も作るべきだ」

「作っているさ、もう毎日与える余裕がないから、フェイワンには可哀《かわい》そうだが、一日おきには魂精を与えるために、王の私室に戻っている」

「そうじゃない、ランワン、分かっているんだろう？　魂精のためだけじゃない。フェイワンは何も知らないんだ。何も知らないまま突然お前から突き放された。だからお前が働きすぎなのではないかと、毎日心配ばかりしている。週に一日……いや、せめて月に二日でもいい。丸一日休暇を取って、王の私室で休んでくれ。お前にとってはここに比べると、決して休みにはならないかもしれないが、フェイワンのためだ。フェイワンのために休みを取ってくれ。別に何もしなくていい。しんどいならば、魂精をあげなくてもいい。フェイワンの前で、休みを取っている姿を見せてやってくれ」

ランワンが少し苛立って、投げやりに返した言葉に、ダーハイは声を荒らげて反論した。その言葉に、ランワンは固まって息を呑《の》む。眉根を寄せて視線を落とし「そうか……」と小さく呟いた。

「すまない……明日は休みにするよ」

ランワンは自己嫌悪からか、苦し気に顔を歪めてそう答えた。


ランワンは王の私室の窓辺に寝そべって、テラスで剣術の型を披露するフェイワンを、微笑みながら眺めていた。

朝食を取った後、ここでゆっくりと寛いでほしいと言って、フェイワンがソファを用意してくれていた。侍女達と相談して、ランワンに休んでもらうための計画を色々と立てていたらしい。

『優しい子だ』そう思うのと同時に、我が子に気を遣わせてしまったことへの自己嫌悪で、気持ちが沈みそうになる。

フェイワンが剣を振るたびに、日射しを反射して剣身がキラリと光った。真剣な顔をして、教えられた型通りに剣を構える姿は、なかなか様になっている。

一通り終わって、フェイワンは一礼をした。ランワンが拍手をすると、フェイワンは赤くなって照れくさそうに頭をかきながら、ランワンの下に歩み寄る。

「ここにお座り」

ランワンが手招きをして、隣に座るように促した。フェイワンは素直にそれに従って腰を下ろす。少しばかり息が弾んでいる。ランワンは侍女に用意させたタオルで、フェイワンの額の汗を拭ってやった。

「フェイワンはいくつになったのだったか？　……五十八歳？」

「五十九歳です。父上」

フェイワンが笑顔で訂正した。以前のように歳を多く言って、大人ぶってみせていたのとは違い、間違えたランワンを面白がる余裕があった。

「そうか、もう来年は六十歳か……早いものだな。お前もずいぶん大きくなった。今こうしてお前の額の汗を拭こうとしたが、思っていたよりもお前の額が上にあるから驚いたよ。しばらく見ない間に背も伸びたね」

「父上、大袈裟《おおげさ》ですよ。確かに最近はお忙しくしていらっしゃったから、会えない日も多いですが、ひと月や二月会っていないわけではありませんし……」

フェイワンが楽しそうに笑いながらそう言ったが、ランワンを気遣うその話し方まで、少し大人びて聞こえた。

「いや、確かにお前とは出来るだけ顔を合わせるようにはしていたつもりだったが……仕事が忙しいということにかまけて、ゆっくり話を聞いてやることも少なくなっていたし、お前の成長を確認する余裕もなかった。父親失格だな。すまなかった」

「父上！　謝ることなど……。オレはただ……父上のお体が心配で……」

「確かに仕事が忙しくて少し疲れていたが、私は大丈夫だよ。お前とこうしてのんびり過ごすことが出来たんだ。疲れも吹き飛んだよ」

ランワンは上体を起こして座り直すと、フェイワンの頭を優しく撫でた。フェイワンは恥ずかしそうに笑いながらも、まだ頭を撫でられることを嫌がりはしなかった。大人ぶってはいても、本当はまだ甘えたいのだろう。

「フェイワン、おいで」

ランワンはそう言って、フェイワンの肩を抱き寄せながら、両手で包み込むように抱きしめた。

「ち、父上……オレはもうそんな子供ではありません」

フェイワンは少し慌てた様子で、抵抗する素振りを見せたが、本気で逃れる様子はない。ランワンは笑いながらギュッと抱きしめた。フェイワンから陽だまりの匂いがした。そっと少しばかり魂精を与える。ランワンはもう一度にたくさんの魂精を、フェイワンに与えることが出来なくなっていた。そんなことをしたら、脱力してしばらく動けなくなってしまう。まだ倒れるほどではないのだが、体内の魔力量の急激な変化に、体が対応出来なくなっていた。

だから最近は少しずつ数回に分けて与えるようにしている。

「そうだな。いつの間に自分のことを『オレ』と言うようになったんだい？　ダーハイの影響かな？」

ランワンが笑いながらからかうと、フェイワンはさらに赤くなって、観念したように抵抗をやめた。

「それは……『僕』というのは子供っぽいなと思っただけです。来年には剣術の稽古が始まるので、中庭で他のシーフォン達と一緒にすることになるでしょう？　だから……」

一生懸命言い訳をしながら、ランワンの胸に顔を埋めてしまったフェイワンの頭を、ランワンは何度も撫でた。

「そうだな、男らしくていいと思うよ。ただダーハイは口が悪いから、あまり影響されないようにな？」

ランワンがおかしそうに笑いながら言ったので、フェイワンは顔を隠すように、ランワンの胸に顔を押しつけたまま「わかりました」と小さく答えた。

その後は、フェイワンとゆっくり寛ぎながら色々な話をして過ごした。話すのはもっぱらフェイワンだったが、勉強のことや剣術のことを一生懸命に語るのをランワンは嬉しそうに聞いていた。時折質問をされると、優しく丁寧に教える。

父とこんなにゆっくり過ごすなんて、ずいぶん久しぶりだったので、フェイワンはとても幸せだった。だがランワンの方も、自分が思っていたよりもずっと、心が癒やされるのを感じていた。

ここにきて急激に体力の衰えを感じ始めたため、危機感から酷く焦ってしまっていた。一日でも長く生きて、フェイワンを育てることが、ランワンの最優先の目標だ。

竜王は龍聖からの魂精を得られなくなっても、百年くらいは生きられると聞いたことがあった。だがそれは普通に生活をしていたら……の話だ。ランワンは、自身の魔力を魂精に似たものに変えて、フェイワンに与え続けている。自らの魔力を減らし続けているようなものだ。きっと百年は生きられないだろう。

フェイワンの成人まで、まだあと四十年もある。四十年は無理でも、せめて三十年は生きたかった。寝たきりになって、骨と皮だけになったとしても、最後の一滴までフェイワンに魔力を与えたい。

その思いが強すぎて、いつの間にか延命することが第一になってしまい、フェイワンには、可能な範囲で魔力を与えるだけになっていた。

あれほどフェイワンには、持てる限りの愛情を注ぎ続けたいと思っていたのに……。

『ダーハイには礼を言わなければならないな』

助けられてばかりで、これからますます頼ることになる、親友ダーハイとラウシャンのことを思った。

「父上、剣術訓練を始めて、オレが少しは対人戦が出来るようになったら、ぜひ父上と剣を交えさせてください！　この剣で挑《いど》ませてください」

フェイワンがキラキラとした笑顔で、ランワンから贈られた剣を大事そうに抱えながら夢を語る。ランワンはそれを眩しそうに目を細めて見ながら「そうだな。手加減はしないよ」と、同じように夢を見た。

ランワンには、それが叶わぬ夢だと分かっている。今でさえ一分も剣を振りまわせば、息が切れてしまうだろう。フェイワンを相手に、平気な顔をして剣技を披露することなど出来そうもない。

『こんなことなら、剣を贈った時に真似だけでも、フェイワンの相手をしてやればよかった』そんな後悔が頭をよぎる。

「手加減してください！　父上は剣術の名手なのですから！」

憧《あこが》れのまなざしを向ける息子が、ランワンには酷く眩しかった。


「結局、父と手合わせをしてもらうことはなかったんだ」

フェイワンはそう言って、剣を掲げながら寂しそうに呟いた。話を聞き終わった龍聖は、胸が締めつけられるような思いで、その美しい剣をみつめていた。

「だから練習用の剣なのに、傷ひとつなく綺麗なんですね」

思わずそう呟いていた。だがそれを聞いたフェイワンが、クスクスと笑いだしたので、龍聖は困惑の表情でフェイワンをみつめた。

「なんで笑っているんですか？」

「ああ、いや……すまない。この剣があまり使われていないのは、そういう悲壮な理由からではないんだ」

明るい顔でそう話すフェイワンは、特に無理して繕っているようには見えない。

「じゃあ、どうしてですか？」

「剣術の訓練を始めた当初は、意気揚々とこの剣を携えて持っていったんだ。父から贈られた剣だから、自慢したくてね。まあ子供だったから……みんなが褒めて、羨《うらや》ましがってくれたから、とてもいい気分で振りまわしていたよ。たくさんのシーフォン達との合同練習ということで士気も高かったし、ラティーフ先生は厳しかったけど、オレの剣を見て『その剣に見合うように腕を上げないといけません』と、最初に激励してくれたから余計にね……だけどある日タンレンが仲間に加わったんだ」

「タンレン様がどうかしたのですか？」

フェイワンが思い出して渋い顔をしたので、龍聖は興味津々で話の続きを催促した。

「タンレンはオレより半年遅れて剣術の訓練に参加したんだ。オレより二歳年下だったから、本当はもっと後に始めるはずだったんだけど、父がオレのロンワンの学友を早めに作りたかったみたいでね。で、タンレンの奴は、とても荒っぽくて……ダーハイに似て筋はいいんだけど、力は強いし、乱暴なところがあるから、練習用の木剣を何本も壊して、よくラティーフ先生に怒られていたよ」

フェイワンは苦笑しながら、懐かしそうに話した。龍聖は目を丸くしている。

「タンレン様が？　あんなに穏やかそうなのに……」

「大人になってちょっと落ち着いただけだ。今でもそんなに変わらんよ……まあそんなわけで、オレはタンレンと組んで練習することになったんだけど、初めての手合わせの時に、タンレンがめちゃくちゃ力いっぱい剣を当ててきたんだ。こっちは鉄の剣だから、当然タンレンの木剣が一度でバキリと折れてしまったんだけど……ラティーフ先生にものすごく叱られているのに、あいつはケロッとした顔で『フェイワンの剣は鉄だから、力いっぱいやらないと負けると思った』なんて言うんだ。オレは正直なところ、ちょっと……いや、かなり引いて……タンレン相手だと、剣を壊されるって思ったんだ。だからそれ以来訓練の時に、この剣を持っていかなくなった」

龍聖は聞き終わると同時に爆笑していた。子供の頃のフェイワンとタンレンの姿が容易に想像出来た。フェイワンよりも、タンレンの方がやんちゃだったというのは少しばかり意外だったが、二人の関係性が面白いと思った。

ひとしきり笑った後、龍聖はひとつ息を吐いて肩の力を抜いた。フェイワンの父親との話は、少し辛いものだったが、それでもフェイワンからは、父を想う優しい感情しか感じなかった。決して悲しいだけの思い出ではないのだろう。そう思った時に、また頭の中を夢で見た父との思い出が一瞬よぎった。

「フェイワン、やっぱりその剣は、大切に保管しておく方がいいと思います」

「ん？　シィンワンには贈らずにか？」

「はい」

龍聖がはっきりと頷いたので、フェイワンは意外そうな顔をして、龍聖と剣を交互にみつめた。

「どうしてそう思うんだ？」

「それは……羨ましいからです」

「は？　羨ましい？」

意外な龍聖の答えに、フェイワンは戸惑いの表情を見せた。

「オレには……そういう父から贈られた物なんて、何ひとつないから……もちろん、誕生日とかお祝い事のある時に、贈り物は貰っていたけど……たぶん用意してくれていたのは母で……父がオレだけのために考えて注文して用意してくれた贈り物なんてひとつもありません。だからすごく羨ましいし……大切にしてほしいです」

龍聖が自嘲気味に笑って言ったので、フェイワンはなんとも複雑な表情になった。

「そうか……」

フェイワンが龍聖にかける言葉に迷っていそうだと感じ、龍聖は気持ちを切り替えて明るい笑顔になった。

「フェイワン、せっかくだからオレの話も聞いてもらっていいですか？」

「ん？」

「オレの唯一の……父との思い出です」


「龍聖、起きなさい。もうすぐ着くよ」

肩を揺すられて起こされた少年は、眠そうに目を擦りぼんやりとした顔で父を見た。父が龍聖のさらに向こうを指さしているのに気づいて、父とは反対側に顔を向けた。眩しい窓の外には綺麗な青空が広がっている。もう何時間もずっと青空ばかりを見ていたので、飽きていつの間にか眠ってしまったのだけれど、父がしきりに窓の外を指さすので、体を起こして窓に張りついた。すると眼下には広大な大地が広がっていた。

飛行機はいつの間にか随分高度を落としたようだ。直下にはビルがひしめく街並みが見える。青い海と海岸線に広がる近代的な街並み、その向こうに霞《かす》んで見える大きな山脈、そして遠くに広がる地平線……それは龍聖が初めて見る不思議な光景だった。

「父さん！　ずっと向こうまで地面だよ？　地平線って初めて見た」

窓に張りついて驚きの声を上げる息子を、父親は目を細めて眺める。

「アメリカは広いからな」

父の言葉に頷きながら、龍聖は数時間前までの居心地の悪さなどはすっかり忘れてしまっていた。

父と二人だけの初めての旅行。それも初めての海外旅行だ。仕事のためアメリカに行くという父親が、なぜか龍聖を連れていくと言い出したのは、龍聖が中学一年生の夏休み前のことだった。

理由は中学の入学祝いと言われたけれど、本当のところは分からない。その時の父の本当の気持ちは、本人に聞かなければ分からないけれど、当時の龍聖としては、普段ほとんど会話もない、遊んでもらった記憶もあまりない父と、二人だけでの旅行なんて、どうしたらいいか分からず戸惑ったものだ。

行きたくないと言わなかったのは、やはりアメリカという未知の世界への好奇心があったからだ。妹達はずるいと言って泣き喚《わめ》いたが、父は断固として龍聖だけを連れていくと言った。今思えば、新しい事業を始めたばかりで、家族全員を連れていくほどの余裕がなかったのかもしれない。

初めて乗った国際線の飛行機は、ビジネスクラスの豪華な席だった。エコノミーでいいのに、父も息子の手前見栄を張ったのだろう。あんな調子で家族五人分など到底無理だ。

当時はそんなことなど分からないので、出発前になって龍聖はナーバスになってしまった。父と二人きりで一週間も旅行するなんて、どうしたらいいのか不安だった。飛行機の中で十時間も、父と二人で耐えられるだろうか？　何の話をすればいいのだろう？　母に愚痴《ぐち》を言ったら「お父さんはとても楽しみにしているのよ」と言われたが、まさかと思って信じられなかった。

実際のところ出発当日まで、父と事前の打ち合わせなど何一つ出来なかったし、家を出てからも成《なり》田《た》までの道中、ずっと無言だった。父が少し不機嫌に見えてしまったし、金沢《かなざわ》から東京までだって、新幹線に乗ってのひと旅行だというのに、こんなに気まずい雰囲気で大丈夫なのだろうか？　と思ってしまった。

だから飛行機に乗ってからも、居心地が悪くてずっと持ってきた携帯型ゲーム機でゲームばかりしていた。

ロサンゼルス国際空港に降り立ち、税関を通る時になってようやく海外に来たことを実感した。周りの職員は全員アメリカ人で、税関の窓口の男性も、映画で見るような恰幅《かっぷく》のいい白人男性だった。覚えたばかりの旅行英会話で、なんとか税関を通過して、あとは父の後をついてまわった。

ここでとても意外だったのは、父は英語が堪能だったことだ。空港のレストランで軽い食事をしたのだが、父はペラペラと英語で注文をして、店員と難なく会話を交わしていた。龍聖の中で、少しだけ父の株が上がった瞬間だった。

その後、父の友人が迎えに来てくれて、そのまま一緒にホテルまで行き、荷物を置いた後は早速商談があるようで、そのまま商談先のオフィスまで連れていかれた。

ホテルに一人で残ると言ったのだが、アメリカでは子供を一人でホテルに残すなどありえないことらしく、父からも父の友人からも叱られて、渋々ついていかされた。

商談の間は、会議室の片隅で、出されたケーキを食べながらぼんやりと待っていた。父と父の日本人の友人は、三人のアメリカ人相手に、英語で商談をしていたので、何を言っているのか分からなかったが、父がとても立派に見えたのは確かだった。

翌日は一日工場見学に付き合わされた。ロサンゼルス郊外にはたくさんの工場が立ち並んでいる。その工場の規模が、日本の物とは桁違いで驚かされた。工場見学の間も、父はずっと真剣に仕事の話をしていた。もちろん英語だから龍聖には全く分からない。

龍聖が退屈していると思ったのか、アメリカ在住の日本人の職員が、龍聖に工場を案内して色々なものを説明してくれたりした。説明されてもよく分からなかったけれど……。

滞在二日目で、すでに来たことを後悔し始めていた龍聖だったが、三日目と四日目は、父の友人の奥さんが、龍聖を観光に連れていってくれることになった。知らない人と観光するのは少し不安だったが、有名なネズミのいるテーマパークに連れていってくれると聞いた途端上機嫌になった。

翌朝、ホテルに父の友人の奥さんが迎えに来てくれた。一緒に三人の子供達もいた。長男の健人《けんと》は高校二年生、長女の理乃《りの》は中学三年生、次男の留依《るい》は小学五年生だった。三人とも見た目は日本人で、日本語も話せるのだが、ロサンゼルス生まれで、日本には二回しか行ったことがないという。日本のアニメが好きだというので、最初から積極的に色々と質問をされて、テーマパークに着く頃にはすっかり仲良くなっていた。

翌日も朝から迎えに来てくれて、映画のテーマパークに連れていってくれた。彼らと遊ぶのはこの二日間だけで、二日目の帰りには末っ子の留依が、別れたくないと泣きだして大変だった。

龍聖も弟の稔《みのる》を思い出して、少しばかりホームシックになってしまった。

たくさんのお土産を抱えて、少し目を赤くして夕方ホテルに戻ると、父が「もう仕事はすべて終わった」と言った。そして「明日は一緒に出かけよう」と言ったので、なぜか龍聖は、また少しだけ不安になってしまった。

この旅行中、結局父とはあまり距離を縮められていなかった。夕食はたいてい誰かのパーティに呼ばれていたし、予定が詰まっていたため朝食も急いでとらなければならず、ゆっくり話す時間がなかった。夜、ホテルの部屋で、その日あったことを父に話しても、黙って聞いているだけで会話は弾まなかった。

そんな父と二人で一日観光？

「どこに行くの？」

龍聖は不安そうに尋ねた。

「明日、行ってからのお楽しみだ」

父は少しぶっきらぼうにそう言った。ここでにこやかな顔で言ってくれれば、サプライズか！　と少しは期待もするのだが、父は真面目な人で、そういうユーモアはない。父も龍聖との距離を測りかねているらしく、なんともぎこちなかった。

今の龍聖ならば、そんな風に思えるのだが、その頃の龍聖には『堅苦しいお父さん』という印象しかなかった。それでも決して嫌いなわけではなかった。あまり遊んでもらった記憶はないが、優しかったという印象はある。叱られたことは一度もないし、欲しいものはわりと買ってくれた。特に成績が良いと、何も言わなくてもプレゼントが用意されていることが何度もあった。もっともプレゼントは母が用意してくれたものだけど。

母と子供達だけで、一泊二日程度の旅行には何度か行っていたが、今思えば父も一緒に行くはずが急な仕事が入り、行けなかったのだろう。

翌朝はいつもよりも少しばかりゆっくり寝ていた。遅めの朝食を食べながら、今日は十時過ぎに出かけると言われた。食後に部屋でベッドに寝転がり、テレビを観ていると「そろそろ出かけようか」

と声をかけられた。父を見て、龍聖はとても驚いた。

旅行中もずっとスーツ姿だったのに、ポロシャツとジーンズ姿だったからだ。そもそも父のジーンズ姿など初めて見た。

「父さん……その格好で行くの?」

「おかしいか?」

父が少しだけ照れくさそうに言った。いつものぶっきらぼうな言い方と違うその口調に、龍聖は嬉しくなって笑顔で首を横に振る。

「似合っているよ」

龍聖の中で父との間に感じていた壁は、すっかりなくなっていた。本当に些細なことがきっかけになるものだ。別に元々父を嫌いだったわけではないのだから、きっかけさえあれば距離はすぐに縮まった。

龍聖は父に連れられてホテルを出た。タクシーに乗って向かった場所は、アナハイムのエンゼルススタジアムだった。

「ここは……野球場?」

ぽかんとした顔で、大きな会場を見上げる龍聖に、父がクスリと笑う。

「今日はここでエンゼルス対マリナーズのデイゲームがあるんだ。イチローが出るぞ」

「イチロー!?」

思いもよらないサプライズに、龍聖は飛び上がって喜んだ。

「本当に？　本当に試合が観れるの？」

「ああ、本当だ。ほら、二人分のチケットだ」

父はそう言ってチケットを見せてくれた。英語で書いてあるからよく分からないが、今日の日付が書かれている。

「さあ、中に入ろう」

龍聖は野球場で生の試合を観戦するのは初めてだった。たくさんの人が集まり、独特の熱気に満ちている。周りにいる人のほとんどが外国人なので、耳に入ってくる言葉は理解出来ない。興奮気味に大きな声を上げる者がいると、龍聖はびくりと驚いて、無意識に父の腕に摑まっていた。

父も慣れない野球場のせいか、少しばかり迷ったがなんとか買った席に辿り着くことが出来た。

一塁側スタンドの一階席。少し後方の席ではあるが、肉眼で十分に選手の区別がつく。

「イチローのいるマリナーズのベンチは一塁側だ。イチローの守備も右翼だろう？　だから一塁側の席を取ったんだ」

「ありがとう、父さん！」

龍聖は瞳を輝かせて、グラウンドをみつめる。その時後ろからまた大きな声が発せられたので、龍聖はびくりと身をすくめた。その龍聖の反応に、父が苦笑する。

「怖いのか？」

そっと耳打ちされて、龍聖は眉根を寄せる。

「だって……怒っているみたいだし……外国の人は声も体も大きいから……」

「でも龍聖、周りをよく見てごらん。ここにいるのは全員野球ファンだ。そして一塁側はマリナーズファンばかりだ。前に座る家族連れは、お前と同じイチローファンだぞ？　その人達だけじゃない。ここにはイチローを応援するアメリカ人も多い。お前の敵じゃない」

父に言われて、龍聖は周りを見回した。父の言う通り周囲にいるのはマリナーズのユニフォームやTシャツを着ている人ばかりだ。前にいる家族連れの背中には、イチローの背番号が輝いていた。

「さっき後ろから怒鳴った男は、今日も勝てるぞ！　って言ったんだよ。怒っているわけじゃない」

父がとても落ち着いた様子で教えてくれるので、龍聖もだんだん落ち着いてきて、周りを見ることが出来た。さっきまで怖いと思っていた大声で叫ぶ人達も、よく見るとみんな笑顔だ。言葉が分からないから、大きな声は罵声だとついつい勝手に思ってしまっていたようだ。自分の無知が恥ずかしくなった。

「お前もかぶったらどうだ？」

父に促されて、さっき途中で購入したマリナーズの帽子を、袋から取り出して頭にかぶった。それだけでまた高揚感《こうようかん》が湧いてくる。

落ち着いたら視界が広くなった。三階まである観客席は、八割は埋まっている。緑の芝生と眩しい日射し、見上げると高い高い青空が広がる。乾いた風、英語が飛び交う群衆。独特のその雰囲気に、

いやでも気持ちが高まっていく。

試合が始まると、もう何も気にならなくなっていた。選手のプレイに歓喜し、落胆し、笑って怒って、大いに盛り上がった。

龍聖はそれまでの人生で一番大きな声を上げたと思う。特に後半でイチローが放ったヒットは、あと少しでホームランという大きな当たりで、スタンドが沸き、思わず立ち上がった龍聖は、周りの知らない人々とともに笑って残念がりながらも、大いに盛り上がった。

その日の試合は、マリナーズの勝利に終わった。

龍聖達はしばらくスタンドに残って、熱狂しながら帰っていく人達の波が落ち着くのを待った。その間、龍聖はずっと興奮したまま、その日の試合を振り返って、身振りも交えて饒舌に語って、父は微笑みながら何度も頷いて聞いてくれた。

「そろそろ行こうか」

父に言われてあたりを見回すと、もう周りに人の姿はなくなっていた。それでもスタンドを下りて、場内に入るとまだたくさんの人々がいて、売店でグッズを買ったり、ビールを買ったりしている。

「龍聖、こっちだ」

父が示した方向は、帰る人々の流れとは逆方向だったので、龍聖は不思議に思いながらもついていった。しばらく歩いて、関係者以外立ち入り禁止と分かる柵で囲われた場所に辿り着いた。

屈強な体軀《たいく》のガードマンが数人、厳《いか》つい顔をして立っている。半分開いたままの出入り口からは、スタッフがせわしく出入りしていた。

父はガードマンに何か話しかけて、ガードマンがスタッフを呼んだ。父はそのスタッフに何かを話している。するとスタッフは、中へと入っていった。

「父さん……何かあるの？」

「ちょっと仕事先の人と約束があったんだ。悪いがもう少し待っておくれ」

「うん」

龍聖は父が、球場の人と仕事の約束があったから、そのついでに試合観戦をしたのかと思った。わざわざ龍聖のためにチケットを取ってくれたのかと驚いていたが、なんだそういうことか……と思うと少しだけがっかりしてしまった。でも試合を観られたことは、とても嬉しかったんだし、感謝しないといけない。ホテルに戻ったら改めて礼を言おう。

少しのはずが、二十分も待たされたので、龍聖は怖そうなガードマンを気にしながら、そんなことを一人で悶々《もんもん》と考えていた。

「Hi！　Mr．MORIYA！」

ようやくスーツ姿の男性が現れて、父と握手を交わしながら挨拶を始めた。父が龍聖を紹介したので、龍聖はペコリと頭を下げる。小太りの金髪碧眼《へきがん》の男性は、にこやかに龍聖とも握手をして、何かを早口で言ってきたが、龍聖には聴き取れず、愛想笑いで誤魔化した。そしてふいに、白いボールを龍聖に差し出したのだ。

「龍聖、それはお前へのプレゼントだ」

父に言われて戸惑いながらボールを受け取った。よく見るとそれはただの白いボールではなかった。黒いマジックでサインが書かれている。イチローのサインだった。

「え!?　イチロー!?」

龍聖は飛び上がるほど驚いた。そんな龍聖に、男性は笑いながらも申し訳なさそうに顔を顰《しか》めて、何かを言っている。

「龍聖、彼はマリナーズのスポンサー企業の人なんだ。イチローに会わせることが出来なくて申し訳ないと謝ってくれているんだよ」

「え？　え？　そんな！　いいです！　そんな！　ありがとうございます！　あ、えっと……サンキュー！　サンキューソーマッチ！」

龍聖は真っ赤になって、一生懸命に礼を言った。男性は笑顔で龍聖の肩をポンポンと叩き、父としばらく何かを話してから去っていった。

「さっきの人は、実はお父さんも初対面で面識はないんだよ。お父さんのこちらでの仕事相手の友人なんだ。正直言って本当にサインを貰えるか分からなくて、半分賭けだったんだけど……いい人だったね」

帰りのタクシーの中で、父からそう説明をされて、龍聖は人のよさそうなさっきの男性のことを思い浮かべていた。そしてこの感謝の気持ちを百分の一も伝えられなかったことをとても後悔した。

『サンキューとサンキューソーマッチしか言えなかった。っていうか発音もきっと変で、サンキューさえも伝わらなかったかも……もっと英語の勉強をしとけばよかった……』

大事にボールを両手で抱えながら、ホテルに着くまでずっと後悔をし続けていた。

ホテルに戻った龍聖達は、少し休憩をしてから夕食に出かけることにした。

龍聖はサインボールを、綺麗なハンカチで丁寧に包み、さらに傷がつかないように他の洋服をクッションにして、スーツケースにしまった。

シャワーを浴びて、着替えをして、夕方父とともに出かけた。

龍聖はホテルにいる間、ずっと考えていた。父が仕事のついでに、野球観戦したというのは勘違いだ。やはり龍聖のためにチケットを用意して、サインボールを貰えるようにしてくれたのだ。日本ならばいざ知らず（いや、日本でも相当難しいと思うが）海外で人気カードの観戦チケットの、それも良席を入手し、スター選手のサインボールを貰うなんて、簡単なことではない。

父はこの日の計画をいつから立てていたのだろう？　このために龍聖を連れてきたのだろうか？　疑問は膨れ上がっていった。

ステーキハウスで食事をしながら、父から「旅行は楽しかったか？」と聞かれたので、楽しかったことをひとつひとつ話していった。

初めての成田空港、初めての国際線、初めて見たアメリカ大陸……すべて初めてのことばかりで、感動したこと、楽しかったことはどれほど話しても語りつくせない。

夕食の間だけでは到底話し終えることが出来なくて、帰りのタクシーの中でも、ホテルに着いてからも、龍聖は堰を切ったように話し続けた。

これまでの五日間、毎日父と話す機会はあったのに、全然話していなかった。父とあまり話す暇がないなんて思っていたけれど、寝る前の時間だって、朝食の時だって、少なくとも三十分以上は余裕があったのだし、その日にあった出来事を父に話すことは出来たはずだった。

なんとなく父との距離を測りかねて、歩み寄らなかったのは龍聖の方だ。父はこのアメリカ旅行の計画を、龍聖が思っている以上に、龍聖のことを想って考えてくれていた。

野球観戦だけではない。三日目四日目の観光だって、別に健人達家族の方から、率先してもてなそうと言ってくれたわけではないだろう。龍聖が退屈しないように、誰か遊んでくれる者（それも信用出来る相手）を探してくれたはずだし、お金だって用意したはずだ。

それなのにこの旅行中に、父に感謝の言葉ひとつ言っていない。

「本当に楽しかった……父さん、連れてきてくれてありがとう」

龍聖は満面の笑顔でそう言って、ちょっと話し疲れたとばかりに、買ってきた炭酸飲料の缶を開けて喉を潤した。そんな龍聖を、父はずっと嬉しそうな顔でみつめている。

「本当は来たくなかったのかと……あまり楽しんでもらえていないのかと心配していたんだ」

ここでようやく父が本音を漏らした。

「そんなことないよ！　言っただろう？　本当に楽しかったんだ……その……父さんと二人で旅行なんて初めてだから、最初は少し緊張していたんだ。父さんとどんな話をしたらいいのか分からなくて……でもね、父さんが仕事をする姿が見られてよかったよ。すごく格好いいと思った。あんなに英語がペラペラだなんて思わなかったし……オレも英会話をちゃんと習おうかなって思った」

龍聖の言葉に、父は微笑みながら頷いて、缶ビールを開けると一口飲んだ。

「守屋《もりや》家が古くから色々な商売をして財を築いてきたことは知っているね？」

突然父がそんな話を始めたので、龍聖は不思議に思いながらも、父と話をもっとしたくて前のめりになって頷いた。

「戦争のせいで色々とだめになって……おじいちゃんが頑張って再興した事業を、お父さんも頑張ってなんとか盛り返そうとしてきた。今のまま無理なく続けていけば、きっとまだ時間はかかるけれど、昔のように守屋家は裕福になれるかもしれない。守屋家はね、昔から不思議な力で守られてきて、繁栄を約束されているんだよ」

「不思議な力？」

龍聖が首を傾げて聞き返したが、父は誤魔化すようにビールを飲んで、渋い顔をした。それがビールのせいなのか、ついうっかり口にしてしまった言葉のせいなのか、龍聖には分からなかった。

「無理なく実直に続けていけば、仕事は成功するかもしれないけれど……父さんはそれではだめだと思ったんだ。もっと自分の力でやれるだけやって、他の方法を見つけなければと思った。だからがむしゃらに働いた。会社の中で誰よりも……部下よりも働いた。父さんにはそれしか出来なかったからね……そしてようやく新しい事業の基盤を整えられて、協力者もたくさん現れて、海外への橋渡しもしてもらえた。今回の商談も上手くいった。この新しい事業のために、少し大きな借金をしてしまったけれど……お前が大学を出る頃には、返済のめども付く。龍聖、お前はアメリカの大学に行きなさい。そして世界の広さを知りなさい」

「あ、アメリカの大学⁉」

龍聖がとても驚いたので、父は思わず笑っていた。

「お前が行きたいところがあれば、別にアメリカでなくてもいい、イギリスでもフランスでもドイツでも……とにかくお前には外国で学んでほしいと思っている。そしていずれ父さんがアメリカに作るつもりの支店を任せたいんだ」

父の語る夢に、龍聖は目を丸くした。父からこんな話を聞くのは初めてだ。仕事のことはよく分からないが、海外に支店を作りたいなんて、とても大きな夢だと思う。普通ならば無理だと思うかもしれないが、父と一緒にこの旅行をして、父が仕事をする姿を見て、叶わない夢ではないと思えた。

それと同時に、外国人を相手に堂々と商談をする父の姿に、自分の将来の姿が重なって見えた。英語を流暢に話して、外国人と交流するなんて格好いい。

今まで自分の将来のことなど、ぼんやりとしか考えていなかった。長男だからいずれは父の跡を継がなければならないと思っていたが、父の仕事のことなんて、そんなに詳しくは知らない。食品関係の製造や輸出入を幅広くやっている会社……くらいの認識だ。父は忙しくてあまり家にいなかったし、父から仕事の話を聞くこともなかったので仕方がない。

「どうして海外なの？　日本の会社の方は継がなくていいの？」

「日本の方は稔もいる……それに守屋家で代々受け継いできた事業ではだめだと思ったんだ。父さんが自分の力で興《おこ》した会社で……それも日本ではなく海外ならば、契約から逃れられるのではないかと思った……」

「契約？　何の？」

龍聖に問われて、父はハッとして顔色を変えた。

「いや、なんでもない。仕事の話だ。そういう難しい話は、お前がもう少し大人になってからしよう……とにかくお前にはもっと世界を見てほしかったんだ。だから連れてきた。去年おばあちゃんが亡くなっただろう？」

「あ、うん」

「おばあちゃんに叱られたんだよ……もっと龍聖と話をしなさいって」

父はそう言って苦笑した。

龍聖の脳裏に、縁側でお茶を飲む祖母の姿が浮かんだ。優しい人だった。いつも縁側で庭を眺めて過ごしていた。龍聖が行くと、お菓子をくれた。祖母の隣にはいつも座布団がひとつ余計に置いてあり、なんだか誰もそこに座らないのが寂しそうで、龍聖はいつも気がつくと走って祖母の所に行き、空いている座布団に座っていたのだ。

後で聞いたら、それは祖父の席だった。祖父は庭を眺めるのが大好きで、若い頃からいつも二人で縁側に座って静かに眺めていたのだという。祖父は龍聖が生まれる前に亡くなった。

「歳を取ってもずっとこうして二人で眺めようねって言っていたのよ？　お前には見えないかもしれないけど、そこにはいつもおじいちゃんが座っているの」

龍聖はそれを聞いた時、子供心に祖母の邪魔をしていたのだなと思った。祖父と祖母が仲良く縁側に座っている姿が見えるような気がした。だからそれからは空いている座布団には座らずに、祖母の反対側の隣に座るようになった。

「龍聖は人の気持ちがよく分かる優しい子だね」

祖母はいつもそう言って笑いながらお菓子をくれた。

「家族のために、龍聖のために、どんなに頑張って働いたところで、何も話をしなかったら分かってもらえないよって……龍聖が跡を継いでくれないよって叱られたんだ」

父は自嘲気味に笑いながらそう言って、ビールを飲んだ。龍聖には初めて聞く話ばかりだったが、龍聖の知らないところで、祖母も父も、みんな龍聖のことを思ってくれていたのだと分かった。

「父さん、来年もアメリカに来ようよ。父さんとまた旅行がしたいし、父さんが働くところも見てみたい……次に来る時までには、もうちょっと英語の勉強をしておくよ」

龍聖は思わずそう言っていた。心から出た言葉だ。初めて自分の将来が見えた気がした。父の仕事を継ぎたいと思った。

父は一瞬驚いた顔をしたが、すぐに相好を崩して龍聖の頭を撫でた。

「そうだな。来年も来よう」

「それで次の年もそのアメリカという国に行ったのかい？」

フェイワンが微笑みながら尋ねると、龍聖は悲しそうな笑みを浮かべて首を横に振った。

「次の年、父は交通事故で……事故にあって亡くなったんだ」

高速道路を走行中、前を走っていたトラックが中央分離帯に激突して巻き込まれた。トラックの居眠り運転だった。父の車は大破し、父の専属運転手と父は即死だった。

「それは……お前も大変だったな。まだ子供だっただろう？　リューセー？　どうかしたか？」

話し終わった龍聖は、しばらく沈痛な面持ちで俯いていたが、やがて何かに気がついたように顔を上げた。目を大きく見開いて、じっと宙を見つめる。

「リューセー？」

「今まで考えたこともなかったけど……今こうしてフェイワンに話をして……色々なことを思い出し

ていたら……気づいたんだけど……父さんは……オレに契約の儀式をさせたくなくて、海外に行かせようとしていたんだ……」

「え？　どういうことだ？」

フェイワンにはよく理解できなくて、怪訝そうな顔で問いかける。龍聖はまだ何か考えているような顔をしていた。思い出したことと、今自分が知っている色々な情報とを照らし合わせているようだ。

「オレの前の龍聖……フェイワンのお母さんは、契約のことをあまり知らなかったんだよね？」

「あ、ああ……オレも父からはあまり母のことを聞いていないのだが……周りから聞いた話では、契約のことを正しく聞かされていなかったらしい……昔から守ってきたボダイジ？　とかいう神殿が壊されて、正しい伝承がされなくなったらしい」

フェイワンが戸惑いながらも問われたことに答えると、龍聖は深く頷いた。

「明治時代の守屋家さえ契約についてよく分からなくなっていたんです。大きな戦争があって、曾祖父も祖父も、早くに亡くなり伝承など途絶えていました……オレに『龍聖』と名前を付けているのだから、かろうじて父は儀式のことは知っていたんでしょう。でも伝承が途絶えていたので、契約の重大性をどこまで知っていたかは、かなり怪しいです。だから外国にオレを逃がせばなんとかなると思ったのかもしれません」

「そうか……」

フェイワンはそれを聞いて、とても難しい顔に変わった。腕組みをして考え込む。

「今の守屋家には……龍神の加護は、そんなに迷惑なものになっているのか？」

「いいえ、違います。そういうことではありません」

龍聖は慌てて否定した。フェイワンは首を傾げる。

「だがお前を逃がしたいと思っていたのだろう？　お前の父親は」

「伝承が伝わっていないのですから、そんな風に考えるのも仕方がありませんよ。初代のリューセーによって、守屋家がどう救われたのかとか、龍神様の加護とはどのようなものかとか、そういうことが一切分からなくなっているのです。ましてや江戸時代ならともかく、オレのいた時代では神様の加護なんて、夢や幻のようなものです。ただ……息子を助けたいと思った親の……必死な行動だっただけです」

龍聖はため息とともに苦笑する。そんな龍聖をフェイワンは、何も言わずにしばらくの間見守っていた。

「でもある意味、父の願いは叶いました」

「どういうことだ？」

龍聖が顔を上げてニッコリと笑って言ったが、フェイワンはただ首を傾げるばかりだ。でも龍聖の笑顔は晴れやかで、決して作り笑顔ではなかった。

「父はオレに広い世界を見せたかった。外国に行って、新しい人生を歩ませようとした。オレは運命からは逃れられなくて、儀式をしてしまったことになるけど、この異世界という広い世界に来ました。

色々な経験をして新しい人生を歩んでいます」

龍聖は楽しそうに笑った。フェイワンは少しばかり安堵の色を浮かべる。

「よかったって思っているんだよな？」

「もちろんですよ……最近……さっき話した父との旅行の夢を見て……たびたび、父のことを考えるようになっていたんです。なんで急に思い出したんだろうって思ったら、この国の空が、アメリカの空に似ているなって思って……それにシィンワンが生まれてから……息子だからかは分からないけど、今までとは違う色々な思いを抱くようになったんです」

「それはなんとなく分かるよ。オレもシィンワンが生まれてから、色々と思うことが増えた。シェンファ達とは何か違うんだ。娘達二人はかわいくて……とにかくただかわいくて、親としてはまだ分からないことが多いけれど、護《まも》りたいと……ただそれだけを強く思ってきたんだ。だけどシィンワンが生まれてから、息子だと思うと……なぜか父のことを考えるようになっていた。自分はシィンワンにとって、よい父親になれるのか？　オレの父のようになれるのか？　とね」

フェイワンの言葉に、龍聖が心から同感する、というように、大きく何度も頷いた。

「オレの場合は、娘に対してどうすればいいのか、ずっと迷うことばかりで……母親らしい母親にはなれないけど、親として娘にどんなことが出来るんだろうって、ずっと必死だったんです。でもシィンワンが生まれて……オレは息子にとって母親であるべきなのか、父親であるべきなのか……また変な迷いが生まれてしまって……父との夢を見たのもそのせいかな？　って思って……」

二人は互いの想いを知って、なんだかおかしくなって顔を見合わせて笑いだした。

「お前はすっかり子供の扱いに慣れたと思っていたんだが……」

「それはフェイワンの方でしょう？」

似たような悩みと、似たような状況であったことを知って、二人は互いに不思議と安堵していた。

「フェイワンのお父さんも、きっとすごく悩んでいたんでしょうね？　いい父親になるために……」

「お前の父親だってそうだろう。お前のために何だってしてやろうと思っていたはずだ」

二人は互いの父を想って、なんだかしんみりとしてしまった。

「オレ達は親として、子供達に何が出来るんでしょうね？」

龍聖がポツリと呟く。

「それはこれから試行錯誤していくしかないだろう。たぶん誰も正しい親としての在《あ》り方なんて分からないんだ。オレの父やお前の父が迷ったように……だけど二人とも夢半ばではあったけど、息子達にはちゃんと伝わっているんだ。オレもお前も……こうして分かっているだろう？」

「そうですね……」

龍聖は頷きながら、ふと『イチローのサインボールは金庫にしまったままだったな』と、そんなことを思い出していた。

「フェイワンは、シィンワンのために剣を作って、剣術を教えてあげたらいいじゃないですか」

「そうだな……それはやりたいな」

フェイワンはニヤリと笑った。大きくなったシィンワンを思い浮かべているのだろう。

「お前は？　何かしてやりたいことはあるのか？」

「そうだな～……野球でも教えようかな……だけどボールとグローブを作るところから始めないといけないな……」

「ヤキュウ……さっきお前が話してくれたイチローという者がやっている競技のことだな？」

「そうです。フェイワンも一緒にやりましょう」

龍聖はパッと明るい笑顔になって、右手でボールを投げる仕草をしてみせた。フェイワンはその仕草に対してどう反応すればいいのか分からなくて、とりあえず両手を腰に当ててニッと笑ってみせた。

「ああ、教えてくれ！　たぶんオレは上手いと思うぞ？」

「確かに、フェイワンなら難なく出来そうですね……タンレン様も上手そうだな」

「タンレンよりもオレが上手いって！　あいつは雑なところがあるからな」

「フェイワンは、どうしてすぐタンレン様に対抗意識を持つんですか？」

龍聖がお腹を抱えて笑いだしたので、フェイワンはそんなことはないと言いながらも、つられて笑い出した。

笑いすぎてソファに倒れ込んだ龍聖に、フェイワンが上から覆いかぶさる。みつめ合って口づけを交わした。

「お前は子供達にとって、とてもいい親だと思うよ」

「フェイワンも……とてもいい親ですよ」

互いに褒め合って、何度も口づけを交わした。龍聖は両腕をフェイワンの背中に回して、ぎゅっと抱きしめた。フェイワンも龍聖の背中に手を回して、ぎゅっと抱きしめ返す。

「フェイワン」

龍聖が小さな声で囁いた。

「なんだい？」

「……とても……重いです」

龍聖の言葉に、フェイワンは思わず噴き出して、そのまま龍聖を抱えるようにゴロリと仰向けに寝転んだ。二人の位置が逆転して、今度は龍聖がフェイワンの上に覆いかぶさる……というよりも乗っかっているという方が正しいような形になった。

龍聖はフェイワンを見下ろしてクスクスと笑うと、その胸に顔を埋めて身を預けた。

「フェイワン、オレはすごく幸せですよ」

「オレもだよ」

「フェイワンがいて、子供達がいて……ジンヨンもいて、シュレイもいて……この世界に来て、寂しいと思ったことはないし……父との懐かしい夢を見たのも、今が幸せだからだと思うんです」

「そうだな……オレもお前に父との思い出を話せるようになったのは、今が幸せだからだと思う」

フェイワンが龍聖の背中を優しく撫でるのを感じて、龍聖は微笑みながら目を閉じた。

「これからも親としていっぱい悩んだり迷ったりすると思うけど……フェイワンとたくさん話をして、一緒に悩んで……二人で子供達のためになることをしたいなって思います」

「ああ、なんかワクワクしてきたな」

フェイワンが少年のような言い方をするので、龍聖は思わず顔を上げてフェイワンを見た。フェイワンはキラキラと目を輝かせて、言い方だけではなく顔まで少年のようだった。龍聖は微笑ましく思いながら「ワクワクしますね」と返した。

龍聖が甘えるように再びフェイワンの胸に顔を埋めたので、フェイワンは優しくその体を抱きしめた。

『フェイワンは……シィンワンと同じお日様の匂いがする』

龍聖はそんなことを思いながら、野球場の青空を思い出していた。

深緑の竜は甘露の味を知る

激しい雨が滝のように降りしきる。ほんの少し先も見えなくなるほどの豪雨だ。人々は建物の中に避難して、雨が止むのをじっと待つ。

逃げ遅れてずぶ濡れになった男は、逃げ込んだ先の居酒屋で、店員からタオルを借りて拭きながら、周囲からねぎらいの言葉を受けて笑っている。

人々が突然の雨に笑っているのには理由があった。

今の時期、エルマーン王国周辺は雨期に入っている。期間はひと月ほど。雨期と言っても日本の梅雨とはまったく違う。毎日正午過ぎから二刻ほど、激しい雨が突然降りだしてぴたりと止む。ゲリラ豪雨に似ていた。

だが乾いた荒野に、この雨は恵みをもたらす。たったひと月ではあるが、その雨を待っていっせいに植物たちが芽を出し、花を咲かせて実を作る。立ち枯れの大きな木が、この時期だけ一気に葉を茂らせて花を咲かせる姿は、荒野特有のものだ。枯れているように見えるのは、過酷な荒野で生きるための独自の進化で、雨期の時だけ繁殖のために生き返る。

サボテンのような植物も至る所に生えていて、雨期には花を咲かせた。

真っ赤な荒野が緑に染まることはないが、それでも雨期には転々と緑が現れて、川や池が出来て動物の姿も見られるようになる。

エルマーン王国の人々も、雨期になると慣れた様子で、正午になれば道端に広げていた商品を片付けて、雨に備える。逃げ遅れてずぶ濡れになる者は、たいていが慣れていない旅の者達だ。

真っ暗だった空が明るくなっていき、雨脚も和らいでくる。雲間から青空が見え始めれば雨は止み、半刻もしないうちに、嘘のように雲一つない青空が広がる。

「雨が止んだようですね」

シュレイが窓の外を眺めて、窓を開けながらそう言った。少し冷たい風が部屋の中に入ってくる。

「疲れた〜〜」

先程まで、城内にあるサロンと呼ばれる小規模の広間で、龍聖主催のお茶会が開かれていた。龍聖主催のお茶会は月に二回開催される。一度に呼べるご婦人方は二十名ほどで、四つのテーブルに分かれてもらい、龍聖が半刻ずつ各テーブルを回って、皆の話を聞くのが主な役割だ。

役目をはたして王の私室に戻った龍聖は、ソファにごろりと横になった。本当は行儀が悪いと怒られそうだが、シュレイも侍女も怒らずにクスクスと笑っている。

「お疲れさまでございました。リューセー様、お着替えになってから寝転んでくださると助かります」

「あ、ごめん」

怒られはしなかったが、やんわりと注意されたので、龍聖は笑いながら起き上がり、シュレイと侍女の手を借りて着替えた。シェンファ達が部屋にいたら、子供の前なのでもちろん「行儀が悪い」と叱られていただろう。龍聖もシェンファ達がいなかったので気が緩んだのだ。

部屋着に着替えて、改めて寛いでいると、シュレイがジュースを用意してくれた。お茶を散々飲んだ後なので、柑橘系の爽やかなジュースだ。

「シュレイはさっきの流行の贈り物って知ってた？」

「いいえ、存じ上げませんでした」

今日のお茶会で一番盛り上がった話は、若い女性達が話題にした『好きな殿方への贈り物』だった。

シーフォンの若者には、親同士が決めた婚約者がいる。幼馴染みのように、物心ついた頃から相手が決まっていて、その上結婚前の不貞な交際は厳しく止められているため、自由恋愛のようなときめく関係には縁遠い者ばかりだ。

ところで今他国の社交界では、想いを寄せる騎士に、ベストやマントや手袋など身に着ける物に、守護の祈りをこめた刺繍を入れて贈り、想いを伝えるというのが流行っているらしい。外遊先でそれを知ったシーフォンの若い男性達が、自分の婚約者にそれとなく人を介して伝えて、贈り物を貰っているらしい。

男性の方は直接女性に言うわけではないので、上手く相手に伝わるかどうか分からず気をもむし、女性の方も人づてに聞いたことなので、自分の婚約者が本当に受け取ってくれるのか分からずにドキドキする。

そんな両者の駆け引きが、自由恋愛のときめきに似たものになるようで『まるで恋愛小説みたい』と、かなり受けているらしい。なんとも甘酸っぱくて可愛いね……と、ほのぼのした気持ちで聞いていたのだが、なんと龍聖にも矛先が向けられた。

「リューセー様は、陛下に贈り物を差し上げないのですか？」と聞かれたので……。

「刺繍をしたことがないのです」と笑って誤魔化した。

それ以上追及されることはなかったが、とにかく若者の流行を知ることは出来た。

「タンレン様からは何も言われたことないの？」

「……そんなことは言われませんよ」

シュレイは一瞬動揺したのか言葉を詰まらせた後、平静を装って否定した。

「オレ、嫌な予感がするな～」

「嫌な予感ですか？」

「フェイワンがオレも欲しいって言いだしそうな気がする」

龍聖は腕組みをして顔を顰めた。その様子にシュレイが微笑む。

「もしも言われたらどうなさるのですか？」

「それは……う～ん……いや、フェイワンは言わないな」

龍聖が唸りながら考えて首を振った。

「フェイワンは欲しがると思うけど、オレが刺繍をしないことを知っているから、きっと欲しいって言わないと思う」

「そうですね……リューセー様のおっしゃるとおりかもしれませんね」

シュレイは納得して、笑顔で頷いた。

「タンレン様も言わないよね。そもそもシュレイの負担になるようなお願いはしないでしょ？」

龍聖がニッコリと笑って言うと、シュレイは微妙な表情になり、どう答えようか悩んでいるように沈黙した。

「私には関係のないことですので」

シュレイはあくまでもタンレンとの関係を否定する。龍聖は意地っ張りだな～と思いながら、じっとシュレイをみつめた。

「それこそタンレン様は、いつも危険な仕事をしているんだから、お守りを作ってあげた方が良いと思うけどね」

「それは……人間達が信じている神の御利益です。我々には神への信仰はありませんので、お守りなど……」

「シュレイ、そう言うことじゃないんだよ。神様とか関係ないの。刺繍ってひと針ひと針丁寧に刺して作るものでしょ？　想いを込めやすいんだよ。だからお守りは別に神様のご利益じゃなくて、刺繍をする人が愛する人のことを想いながら刺したその『想いの力』で守るものなんだよ。日本にも昔はそういうのがあったんだからさ」

「想いの力……ですか」

シュレイは思いもよらない言葉に、驚いたように目を見開いている。

「シュレイって刺繍は出来るの？」

「は、はい……一応嗜《たしな》んではおります」

シュレイは我に返って慌てて答えた。

「本当にシュレイは何でもできるんだね……」

龍聖は感心した。

「いえ、針子ほどの腕があるわけではありません。嗜む程度です。もしもの時のために習っただけです」

「もしもの時って？」

シュレイが控えめに言い訳をするので、龍聖は思わず聞いていた。

「たとえばリューセー様が、陛下と散歩に出られたり、城の外に出られたりした際に、何かの事故で衣装に傷が入った場合、穴や綻びを繕った跡を刺繍でとりあえず誤魔化すことが出来ますから」

「なるほどね～」

龍聖は酷く感心しながら、腕組みをして大きく何度も頷いた。そして目を閉じて何かを考えこんでいる。

「リューセー様？」

「この際だからちょっと刺繍を習おうかな～……シュレイ、教えてくれる？」

「それはかまいませんが……」

シュレイは少しばかり躊躇しながらも承知した。

「じゃあ、次に言う物を揃えてくれる？」

龍聖は少しばかりご機嫌になっていた。

「リューセー様、頼まれた帯が届きました」

「え？　もう？　あれからまだ三日しか経ってないよ？」

シュレイが綺麗にたたまれた帯を、龍聖の前に差し出したので、龍聖は驚いて読んでいた本を落としそうになった。

「リューセー様からの頼みでしたから、急いでくれたようです。布自体は用意がありましたので、帯の形に縫うだけですから、それほど時間もかからなかったのでしょう。リューセー様が刺繍を入れると言っておいたので、余計な装飾は入っておりません」

龍聖は説明を聞きながら、渡された帯を見た。とても上質な布だとわかる。両端に房飾りが付いているが、それ以外は刺繍も何も入っていなかった。真黒な帯と藍色の帯の二枚ある。

「こんなに綺麗な布……これってフェイワンやオレの服にいつも使っている最高級の布でしょう？用意があったの？」

「はい、陛下とリューセー様の衣装に使うための布は、常に織られております。どのようなご要望にも対応できるように色も何種類も準備してございますので、今回のような注文にもすぐに対応できます」

「さすがというか……贅沢だね」

分かっているつもりでも、こういう話を聞くと自分が一国の王妃だったのだと思い出す。

「いきなりは無理だから……練習用の布もあるんだよね？」

「はい、こちらに……それから糸もたくさん用意してございます」

シュレイはそう言って、綺麗な彫刻が施された大きめの木箱をテーブルの上に置いて、ゆっくりと蓋を開けた。そこには何十色という様々な色の糸の束が、綺麗に並べられていた。

「わあ……オレ、こういうの好きなんだよね～……絵の具とか色鉛筆とか、五十色、百色ってたくさん並んでいるのを眺めるだけで楽しいんだよね～」

龍聖はわくわくしながら美しい糸をじっと眺めていた。その間に、シュレイはてきぱきと、刺繍をする用意を始める。練習用の布に刺繍枠をはめて、針に糸を通した。

「リューセー様、まずはいくつかある基本の縫い方をお教えします。こちらの練習用の布に、丸と四角を描いておりますので、それにそって縫っていただきます」

「は、はい」

先生モードのシュレイに、龍聖は背筋を伸ばして生徒らしく返事をした。一日目はひたすらに縫い方のパターンを覚えるまで練習をした。

「これって帯が届く前にやっておけば良かったたね」

「帯がある方が、練習に身が入ると思いまして」

弱音まじりに龍聖が苦笑して言ったので、シュレイは冷静にそう返した。龍聖は思わず吹きだす。

「まあ、たしかにね……やんなきゃいけないって気持ちにはなるね」

「筋はよろしいですよ。リューセー様は細かい仕事がお得意なようです」

「そうだね……嫌いじゃないよ」

真剣な顔で針を刺す龍聖を、シュレイは微笑みながら見守った。

「あ、シュレイ、くれぐれもフェイワンには内緒にしてね」

「はい、承知しております。侍女達にも硬く口止めしております。姫様達にも見られないようにご注意ください」

「一番の強敵だね」

龍聖は幼い姫達の顔を思い浮かべて、困ったなという顔をした。

「帯への本格的な刺繍は、王妃の私室で午前中だけ行うしかありませんね。時間が限られるので完成に日数がかかってしまいそうですが……」

「午後のお昼寝の時間も大丈夫だよね。一刻でも貴重だから」

二人は極秘の作戦を立てるように声を潜めて話し合った。

三日目には、少し早いが帯で実践をしてみることになった。腕をあげようとすると当然ながら半年も一年もかかってしまう。龍聖が「別に刺繍の名人になりたいわけじゃないから」と言うので、実践しながら覚えていこうということになった。

「まずはどんな絵柄になさるのか、図案を描いていただきます。こちらに図案をまとめた物もご用意いたしました。参考にしていただければよいかと思います」

シュレイが一冊の本を渡してくれた。パラリと開くと、そこには花や草木をモチーフにした美しい図案がいくつもある。花だけではなく、竜や鳥や魚や馬、城や家、剣や槍などさまざまだ。

「これを見るだけでも楽しいね」

龍聖はニコニコと笑いながらページを捲った。一通り見終わると、パタンと本を閉じてシュレイをみつめる。

「実は考えている図案があるんだ。それでもう描いていたりするんだけど」

龍聖はニヤリと笑って、一枚の紙を目の前に開いてみせた。そこには不思議な模様のようなものが描いてある。

「リューセー様……これは……」

「これ」

龍聖は自分の左腕を掲げてみせた。

「オレの文様……それを少し簡略化してデザインにしてみたんだ。オレはまだ刺繍初心者だから、いくつもの色を使ったり、細かい物を描いたりは無理だと思ったんで……こういう文様ならば、糸は一色でも良いし……出来そうな気がするんだけど」

龍聖は説明をしながら、どうかな？　とシュレイに同意を求めた。

「リューセー様、とても素晴らしいです！」

珍しくシュレイが感動の表情で絶賛したので、龍聖は少しばかり戸惑った。

「そ、そう？　変じゃない？」

「変などと……本当に素晴らしいです」

あまりにもストレートに褒められて、龍聖は少しばかり照れてしまった。

「で、でね……この黒い帯に、銀糸で刺繍しようと思うんだけど……」

「はい、素晴らしいと思います」

「でね、シュレイはこの藍色の帯に刺繍をしてよね」

「はい……え？」

話の流れで、そのまま頷きそうになったが、シュレイは聞き間違いと思って聞き返した。

「だからこっちの藍色の帯は、シュレイが刺繍をするんだよ」

「私が……ですか？」

「お手本としてやってみせてよ。シュレイが一緒にしてくれると、オレもやる気が出るからさ」

「それは……よろしいのですが……お手本でしたら、わざわざ帯に刺繍をしなくても、練習用の布で十分かと……」

シュレイはますます困惑して、龍聖の言葉に返事をする。なぜ自分が龍聖のために用意した最高級の布で作られた帯に、手本の刺繍をしなければならないのだろう？　手本に刺繍をしてみせるのは吝《やぶさ》かではないのだが、贈り物用の帯にしてしまっては、せっかくの高級な布地がもったいないことになる。

返事をしながらも完全に表情が固まっているシュレイを見て、龍聖は楽しそうにニマニマと笑った。

「シュレイ、この藍色の帯は最初からシュレイに刺繍をしてもらうつもりでお願いしたんだ。オレの集めた情報によると、タンレン様の好きな色は深い青だってさ。シュレイの瞳の色と同じだね」

ようやく我に返ったシュレイだったが、ニマニマと笑う龍聖を見て、気まずい気持ちになった。

「私は……別にタンレン様に贈り物など……それに私事でこのような高級な帯を使うわけにはまいりません」

「シュレイ、これはオレがシュレイのために用意したものだよ？　主人から下賜されたものを断るの？　無駄になっちゃうな～……せっかくシュレイと一緒に楽しく刺繍をしようと思って用意したのにな～……残念だなぁ……」

「リューセー様……おふざけが過ぎますよ？」

シュレイは龍聖を諌《いさ》めたが、その語気にはまったく勢いがなく、顔も少し赤くなっている。視線は龍聖から逸らされていた。

「オレを立てると思ってさ……お願い！　オレもシュレイが教えてくれるとはいっても、一人で作るよりは、シュレイも一緒に贈り物の刺繍をしてくれる方が、やりがいがあって楽しいからさ……ね？」

龍聖は両手を合わせて、思いっきり可愛らしく言ってみた。この甘えた頼み方は、フェイワンには絶大な効果がある。でも意外とシュレイにも効くのだ。

シュレイは俯いたまましばらく考えていたが、やがてチラリと龍聖を見た後、大きな溜息をついた。

「分かりました……リューセー様の頼みですから……聞かないわけにはまいりませんね」

「ありがとうシュレイ！」

『このツンデレめ！』と内心思いながら、作戦成功に大変満足していた。

龍聖は、確かにフェイワンを喜ばせたいと思って刺繍を習い始めたが、もう一つのひそかな動機として、シュレイにタンレンへ贈り物をさせたい！ というのがあった。むしろその計画を思いつかなければ、刺繍を習う決心がつかなかったかもしれない。手芸なんて中学の家庭科の授業で、少しやったくらいで、それ以来ほとんど経験がない。

刺繍なんてどう見ても難しそうなものを、やってみようと一歩踏み出すには、フェイワンへの贈り物というだけでは少し弱かった。フェイワンがすごく欲しがっているのならば、やろうと思ったかもしれないが、今の時点では何も言われていないし、欲しいかどうかも分からないのだ。

だけどタンレンは絶対に欲しいはずだ。何しろ流行の大もとは、外遊で行った他国の情報を持ち帰った若いシーフォンなのだから、きっと護衛として随行したタンレンの部下だ。エルマーン王国で今絶賛流行っているというのならば、見せびらかし合う部下達を目にしないはずはない。

『シュレイはもっとデレていいと思うぞ』

龍聖は二人の関係を応援したくてたまらないのだ。

「シュレイはどんな図案にするの？」

「少し考えてみます。それよりも今日は先に、リューセー様の図案を布に描くところからですね」

「は〜い」

龍聖はシュレイに教わりながら、帯に図案を写すことにした。


「タンレン、お前は貰ったのか？」

「何を？」

その日の接見が終了したので、フェイワンはタンレンと共に執務室へ戻っていた。少しばかり後方を歩くタンレンに、唐突にフェイワンが問いかけたので、タンレンは眉根を寄せて聞き返す。

「あれだよ、あれ、流行の……」

「あれって……何のことか分からん。はっきりと言ったらどうだ？　それともまさか物忘れか？」

タンレンがからかうように笑ったので、フェイワンはムッと口を歪めて無言になってしまった。それっきり何も言わないので、タンレンの方が気になり始めた。

「フェイワン、なんだよ。気になるだろう？」

タンレンが隣に並んで尋ねるが、フェイワンは廊下の端に足を止めて礼をするシーフォン達に、挨拶を返しながら無言で歩いた。

執務室に到着して、ようやくフェイワンが口を開いた。

「あまり周囲の者に聞かれたくなかったから、すぐに察せない程度のものなら別にいいと思ったんだ」

言い訳をしながら、侍女に茶の用意を命じてソファに座った。タンレンがそれに続いて向かい側に座り、まだ首を傾げている。

「お前の部下の間で流行っているんじゃないのか？　オレの所にまで話が届いたんだから、知っているはずだぞ。今流行している贈り物だ」

フェイワンは、全然分からない様子のタンレンを見て、少しばかり呆れながら説明をした。

「流行の贈り物……あ〜っ！　あれか！　いや、すまん。オレにはまったく無縁のものだから、頭の中からすっぽりと抜けてしまっていた」

タンレンは明るく笑い飛ばしながら、すまん、すまんと言うので、フェイワンはさらに呆れた顔をする。

「無縁って……シュレイから貰わないのか？」

「いやいや、シュレイがそんなものをくれるわけがないだろう。お前は欲しいのか？　お前こそリューセー様にお願いすればいいだろう」

「オレは別に欲しくはない……いや、本当は欲しい。だけどリューセーは、大和の国で普通の男として生活していたんだ。儀式のことも何も知らなかったくらいだから、当然龍神に仕えるための教育も受けていない。昔のリューセー達の話を聞いて、着物なんて縫えないし、機織りなんて実物を見たこともないって笑っていたんだ。刺繡なんて出来るはずがないだろう。オレは無理にそんなことをさせるつもりはない」

フェイワンはそう言い切って、出されたお茶を一口飲んだ。それを感心した様子で呑気に聞いているタンレンを見て、フェイワンはため息をついた。

「何を感心しているんだ？　お前は欲しくないのか？　シュレイは刺繡ぐらい出来るだろう」

「う～ん」

タンレンは困ったように笑みを浮かべて、考えるふりをしながらお茶を飲んでごまかした。

「欲しいだろ？」

さらにフェイワンが食い下がるので、タンレンは思わず声に出して乾いた笑いを漏らす。

「まあ、欲しいか欲しくないかと問われれば……欲しいけど……そもそもオレはシュレイにそういうものを、最初から求めていないからな。シュレイがオレのそばにいてくれるだけで十分だ」

「ずいぶん欲がないんだな」

「いや、まさか、オレは誰よりも欲張りだよ。シュレイを独り占めしたくて仕方ないんだから……できればどこかに閉じ込めて誰にも会わせたくないくらいだ。もちろんそんなことをするつもりはないけど……だからシュレイがリューセー様にお仕えする時間以外を、オレの下に来て過ごしてくれるならば、それで十分なんだ」

フェイワンは啞然としている。さきほどの呆れとはまったく別の次元のものだ。

「意外だったな……確かにお前のシュレイに対する執着は、以前からなんとなく知っていたつもりだったが……なんか思っていたのと違う」

「別にいいだろう？　オレのことなんて……それよりフェイワンこそ意外だった。リューセー様に対して本当に理解があるんだな」

タンレンが話を逸らしたので、フェイワンは少しばかり何か言いたそうにしていたが、溜息と共に肩を竦めた。

「オレが理解のない男だと？」

フェイワンはニヤリと笑って言った。タンレンもつられて笑う。

「誰よりも理解のある男だと思ってはいるが……たまにリューセー様のことになると、子供よりも駄々っ子になることがあるからな。お前は予想外の男だよ」

「それは誉め言葉として聞いておこう」

二人は笑い合い、どちらからともなくもう『流行の贈り物』の話題はしなくなった。


「シュレイ様がお戻りです」

酒を飲みながらタンレンが寛いでいると、侍女がそう耳打ちをした。少しの間の後、数冊の本などの荷物を抱えたシュレイが居間に入ってくる。

「遅くなりました」

シュレイがタンレンにペコリと頭を下げた。

「別に遅くないよ。いつもの君の終業時間だ。疲れただろう？　すぐに食事にするかい？」

「また食べずにお待ちになっていたのですか？」

シュレイは眉根を寄せて困ったように言った。

「待つと言っても、オレも戻ったのは一刻ほど前なんだ。着替えたり色々と用事を済ませたりしていたら、もうすぐ君が帰ってくる時間になった。それなら君と一緒に食べた方がいいだろう？」

タンレンは立ち上がり、シュレイの下へ歩み寄りながらそんな話をする。シュレイは申し訳なさそうな顔で、タンレンをみつめた。タンレンがそっと抱き寄せて頬に口づけると、シュレイは小さく息を吐く。その溜息が苦いものなのか、甘いものなのかはタンレンには分からないし、確認するつもりもない。ただ嫌がられていないだけよしとした。

「すぐに着替えてまいります」

シュレイはタンレンの腕の中からすり抜けて、奥の部屋へ向かった。

現在、シュレイはタンレンと仮同居をしている。なぜ『仮』なのかというと、シュレイは元の自室を退去していないからだ。タンレンの家に一緒に住もうと、物凄く時間をかけてしつこく説得を続けて、なんとか半ば強引に『仮同居』にまでこぎつけた。

ちゃんとシュレイの部屋を用意して、ベッドも置いてあるが、いつもタンレンの家に戻ってくるときは、タンレンの寝室で一緒に寝てくれる。

おそらくそれがシュレイの義務だと思っているようだ。タンレンとしては、義務ではなく一緒に寝たいという気持ちで来てほしいのだが、義務を否定したら仮同居すらなくなりそうだ。それがシュレイにとってここに自分の居場所を作るための言い訳なのだろうと黙認している。

着替えを済ませたシュレイが、部屋着姿で現れたので、タンレンは笑顔で迎えて一緒に食事をした。その日あったことなどを話題にしながら、二人で和やかに夕食をとる。

話題の中心はもっぱらお互いの主人のことばかりだ。タンレンはフェイワンの話をたくさんする。シュレイは龍聖の話ばかりをする。お互いにそれがよい情報源になるので、つい饒舌に話をしてしまうのだ。

だからタンレンは、ともすればフェイワンよりも龍聖の細かな情報を知っているし、シュレイも龍聖のためにフェイワンの情報を蓄積していた。

シュレイの帰りを待っての夕食なので、食事が終わってもしばらく会話が弾んでいると、すっかり遅い時間になってしまう。食事と会話以外何もすることなく、そのまま就寝の時間だ。

だがタンレンにとっては、何も不満はない。むしろ就寝時間になって寝室に入ってからの方が、甘い恋人の雰囲気になれるのだから、不満があるわけがない。

もちろん毎日、シュレイの体を求めはしない。ただシュレイは、周りの目をとても気にするので、侍女がいる他の部屋では絶対に甘い雰囲気にさせてくれないのだ。

帰宅した時のお帰りのハグが精いっぱいだ。最初はそれも嫌がっていたのだが、露骨に嫌がると家長であるタンレンの体面を傷つけることになるので、タンレンから『唇への口づけはしないから』と約束してもらった上で、ハグは良いことになった。

寝室に入るとすべて解禁になる。とは言っても、シュレイの性格上、いちゃいちゃというわけにはいかない。抱きしめて、軽く口づけて、少しずつ様子を見ながら、甘い雰囲気に持っていく。タンレンはその過程をいつも楽しんでいた。

『毎日初々しくていい』と思っている。

今日も抱きしめて、軽く口づけて、一緒にベッドに入る。残念ながら今日は何もしない日だ。タンレンが求めれば、シュレイが拒むことはないのだが、あえて何もしない。性交は週に二日程度と決めていた。

シュレイが、『それ』を義務と思っているのであれば、逆に何もせずただ抱き合って眠るだけという関係も、恋人や夫婦の間では当たり前のことなのだと、タンレンは示したかった。

「愛しているよ」

タンレンは耳元で囁いて、シュレイを抱きしめる。

額や頬や耳元に何度も軽く口づけては「愛しているよ」と囁く。シュレイは少しばかり困った顔で、なすがままにされているが、抵抗はしない。

『これでシュレイも、私も愛していますって答えてくれると満点なんだが……』

たまにそんなことを思うものの、こうして毎日一緒に寝てくれるだけで十分だと自分に言い聞かせていた。

眠りに就くまで、タンレンから一方的にいちゃいちゃして、嫌がられない塩梅で愛を囁く。満足したタンレンが、そのまま眠りに就こうかと思った時、シュレイがそっとタンレンの背中に両手を回してきた。やんわりと抱き着かれたのを感じて、タンレンは眠気が吹き飛んだ。

嬉しくて思わず強く抱きしめ返したくなったが、グッとなんとか我慢する。今それをしてしまったら、せっかく抱き着いてくれた手が離れてしまうだろう。

まるで警戒する野生動物を手なずけるかの如く、タンレンは慎重に気を配って、そっとシュレイのこめかみに口づけた。

「愛している」

優しく囁きかけると、シュレイが安心したように、顔をタンレンの胸に少しばかり押し付けてきた。

『シュレイが珍しく甘えてくれている』

タンレンはそう思うと嬉しくなって、幸せを噛みしめながら目を閉じた。

十分じゃないか……と心の中で呟いた。シュレイは今、リューセー様との時間以外は、自分とこうして過ごしてくれているのだ。あのシュレイがだ。すごい……幸せだ。

タンレンは良い夢が見られそうだな……と幸せをかみしめながら眠りに落ちた。

朝、タンレンが目覚めると、シュレイはもう起きていて、すでに姿はなかった。隣にはまだ温もりが残っているので、少し前までここにいたのだろう。

ベッドから起きて着替えをしようと侍女を呼ぼうとしたが、ベッドサイドに綺麗に畳まれた服が用意してあるのに気付いた。シュレイが用意してくれたようだ。

「めずらしいな」

そう思いながら手を伸ばして、ふと畳まれた服の一番上に置かれている帯に目を留めた。初めて見る帯だと思ったからだ。

手に取るととても質の良いものだと分かる。タンレンはロンワンなので、当然ながら他のシーフォンよりも、上質な衣装を着てはいるのだが、この帯は正装の時に使うような最高級の品に思えた。

衣装の方はいつも着ている、外交の場でも通用するような衣装だ。正装よりは格が下がるが、国内警備長官として接見に立ち会うにふさわしいものにしてある。

「新しい帯を作った覚えはないのだけど……ん？　これは……」

帯の端に施された刺繍に目が留まった。思わず手に持ち顔のそばまで近づけて、まじまじと細かなところまで見た。

「シュレイ！」

タンレンが、バンッと寝室の扉を開いて、寝着姿のまま飛び出してきたので、シュレイだけではなく侍女達も驚いた。シュレイは朝食のテーブルについていたのだが、名前を叫びながら現れたタンレンに驚いて、思わず立ち上がっている。

タンレンは真っ直ぐにシュレイの下まで行くと、有無を言わさず抱きしめていた。

「た、タンレン様!?」

あまりのことに目を丸くして抵抗を忘れているシュレイに、タンレンは何度もありがとうと繰り返して、頬や耳元に口づける。

「タンレン様……お、落ち着いてください」

ようやく我に返ったシュレイが、タンレンを引き離すように両手で強くタンレンの胸を押した。

「そんな姿のままでどうなさったのですか!?」

「シュレイ、まさか君から贈り物を貰えるなんて思わなかった……ありがとう。オレがどれほど嬉しいか分かるかい?」

タンレンは満面の笑顔でそう言いながら、手に持っていた帯を掲げてみせた。

シュレイはもう気づかれてしまったのかと、少しばかり気まずい様子で目を伏せる。そんなに子供のような笑顔で言われては、寝着のまま飛び出すくらいに嬉しいのですね? とは答えづらい。

「剣とユーシラスの花だね? オレの好きな花だ。よく覚えていたね」

「……別荘の周りでたくさん咲いているのを、貴方が大好きな光景だと言っていらしたので……」

「君に似ているから好きなんだよ。白くて花弁の辺りが薄青い。スラリとまっすぐに立ち、一株に一つだけ花をつける。たわわに花をつけるわけではなく、凛として咲く姿が君を連想させるんだ」

タンレンが愛を囁くように甘くそう告げたので、シュレイは少し赤くなってチラリとタンレンを見た。目が合うと灰青色の優しい眼差しが、嬉しそうに揺れていた。

「君の瞳と同じ色の帯だなんて……本当に嬉しいよ。何より君が今流行りの贈り物のことを知っていたなんて、思いもよらなかったから……本当にびっくりして、幸せをかみしめているんだ」

「りゅ……リューセー様が教えてほしいから一緒にやろうと言って、帯をご用意くださったのです。高級な品ですからお断りするのももったいないと……別に……流行の贈り物のつもりではありません」

シュレイはツンとした態度で言い訳をするが、顔はみるみる赤くなっていく。タンレンは相好を崩して「そうだね」と答えた。

「それでも君が刺繡してくれたのだからとても嬉しいよ。大切にする。本当にありがとう」

「い、いえ……喜んでいただけて……私も嬉しいです。でも、あの……本当に、例の贈り物ではありませんよ」

「分かっているよ」

シュレイが赤い顔でむきになって言うので、タンレンはニコニコと笑いながら何度も頷いた。

「じゃあ、リューセー様もフェイワンに贈ったんだね？」

これ以上は、シュレイが怒りだしてしまうと、タンレンは話題を変えた。

「はい、リューセー様は覚えも早くて器用でいらっしゃるので、初めてとは思えないほど、綺麗に刺繍をなさいました」

「じゃあ、今日はフェイワンから一日中自慢されるな。オレも自慢し返さなければ」

タンレンがニヤリと笑って言ったので、シュレイは酷く慌てて首を振った。

「それはおやめください！　これは流行りの贈り物とは違うと申し上げたではありませんか！」

「分かってる。分かってる」

必死に抗議するシュレイに、タンレンは幸せそうに笑いながら頷いた。


流行の贈り物……女性が好きな男性に刺繍をしたお守りを贈って、その想いを伝える。刺繍の図案に決まりはない。自分の好きな花、男性の好きな花や物、騎士ならば剣や盾……想いを込めて丁寧にひと針ひと針を刺す。だが想いを伝えるための刺繍は、その図案が大事なわけではない。図案と共に想いの言葉と名前を添えるのだ。それが『想いを伝える贈り物』

シュレイがくれた帯には、金糸で縫われた剣の刺繍に、銀糸でユーシラスの花が寄り添うように刺繍されている。その剣と花の間に、よく見ないと分からないほど隠れて、生地と同じ藍色の糸で言葉が綴られていた。

――　何者からも貴方をお守りします。シュレイ　――

あとがき

皆様こんにちは。飯田実樹です。

「空に響くは竜の歌声　紅蓮の竜は甘夢《かんむ》にほころぶ」を読んでいただいてありがとうございます。

番外編集第四弾です。この前番外編集を出したばかりじゃないの？　と思われていると思います。前作の「天路《あまじ》を渡る黄金竜」の続きが早く読みたいのに！　と思っていらっしゃる方もいるかもしれません。ごめんなさい。

今年は私の私事のために、いつもと異なり八月に刊行したため、次の十一月刊行のために執筆に十分な時間が取れず、まずは一服しましょう、ということで、番外編集を入れさせていただきました。今回はフェイワン＆龍聖とタンレン＆シュレイの詰め合わせのような宝箱になっています。

特に表題作の「紅蓮の竜は甘夢にほころぶ」は、私がずーっといつか書きたいと思っていた龍聖パパのことが書けて感無量です。この話を書く発端は、同人誌から収録する話に若体化フェイワン及び若きフェイワンが多く出てくるので、少年フェイワン好きな読者様が喜ぶかもな～ひたき先生の描く少年はかわいいよな～という思いからでした。ランワン・フェイワン父子の幸せな時を書きたいな……と思ったと同時に、以前からどこかで書きたいと思っていた龍聖パパの話も書けないかな？　という発想から、フェイワンと龍聖がお互いの父について語り合うという形になりました。

ひたき先生に描いていただいた龍聖パパが、私の想像通りすぎて感激しました。真面目で少し不器用な龍聖パパ……「紅蓮をまとう竜王」ではほんの数行しか登場していなくて、存在がとても薄かったので、ようやく龍聖の宝物のサインボールという伏線回収と共に書くことができて良かったです。

そして収録作の中でも異彩を放つ「慙愧《ざんき》は降り積もりやがて愛を覆い隠す」で、まさに暗黒期と言われる所以《ゆえん》である狂ってゆくシーフォン達の姿を、ラウシャンとタンレンで表現しています。好き嫌いの分かれる話ではありますが、エルマーン王国の歴史の中の事実として知っておいてほしいです。

番外編集で私が一番楽しみにしている各話の扉絵は、本当にどれも素晴らしくてワクワクしました。特に「黄金の衣」のジンヨンが可愛すぎて最高です。ひたき先生ありがとうございます。

十一月に刊行したいという私の無理なお願いに、厳しいスケジュールにも関わらず協力してくださった出版社の皆様と担当様にも感謝します。

ウチカワデザインの内川様にもいつもお世話になっています。

一服できたので、次回作を書くためのモチベーションも上がっています。

皆様が「どうなるの?」と心配しているラオワンと龍聖、そしてホンシュワンの物語を、じっくりと温めて、こねくり回して、十分に寝かせて、今執筆の準備をしているところです。期待外れにならないようにがんばりますので、どうぞ「空に響くは竜の歌声」を応援してください。

次回作でお会いしましょう!

空に響くは

竜王の妃として召喚される
運命の伴侶。
彼だけが竜王に命の糧
「魂精」を与え、竜王の子を
身に宿すことができる。
過去から未来へ続く愛の系譜、
壮大な異世界ファンタジー！

大好評発売中！

① 紅蓮をまとう竜王
② 竜王を継ぐ御子
③ 暁の空翔ける竜王
④ 黎明の空舞う紅の竜王
⑤ 天穹《てんきゅう》に哭《な》く黄金竜
⑥ 嵐を愛でる竜王
⑦ 聖幻《せいげん》の竜王国
⑧ 紅蓮の竜は愛を歌う
⑨ 猛炎の子竜
⑩ 恵みの風と猛き竜王
⑪ 気高き竜と癒しの花
⑫ 紅蓮の竜は幸福に笑む
⑬ 花盛りの竜の楽園
⑭ 黄昏に立つ緋色の竜王
⑮ 紅蓮の竜は永遠に恋する
⑯ 天路《あまじ》を渡る黄金竜
⑰ 紅蓮の竜は甘夢《かんむ》にほころぶ

①②以外は読み切りとしてお読みいただけます。

特設WEB https://www.b-boy.jp/special/ryu-uta/

初　出

まだ見ぬ君に／
同人誌『まだ見ぬ君に』『まだ見ぬ君に　プラス』（2020年8月刊行）掲載

慙愧は降り積もりやがて愛を覆い隠す／
同人誌『慙愧は降り積もりやがて愛を覆い隠す』（2021年12月刊行）掲載

黄金の血／同人誌『黄金の血』（2020年10月刊行）掲載

黄金の衣／同人誌『黄金の血』（2020年10月刊行）掲載

もしもどこかで…ジンヨンと龍聖／アニメイト特典ペーパー（2021年4月）掲載

紅蓮の竜は甘夢（かんむ）にほころぶ／書き下ろし

深緑の竜は甘露の味を知る／書き下ろし

BBN B-BOY NOVELS ビーボーイノベルズ

新書判

SLASH B-BOY NOVELS ビーボーイスラッシュノベルズ

毎月19日発売！

ビーボーイ編集部公式サイト
https://www.b-boy.jp

『空に響くは竜の歌声　紅蓮の竜は甘夢（かんむ）にほころぶ』をお買い上げいただきありがとうございます。
この本を読んでのご意見、ご感想など下記住所「編集部」宛までお寄せください。

アンケート受付中
リブレ公式サイト　https://libre-inc.co.jp
TOPページの「アンケート」からお入りください。

空に響くは竜の歌声
紅蓮の竜は甘《かん》夢《む》にほころぶ

著者名　飯田実樹
©Miki Iida 2023

発行日　2023年11月17日　第1刷発行

発行者　太田歳子

発行所　株式会社リブレ
〒162-0825 東京都新宿区神楽坂6-46 ローベル神楽坂ビル
電話　03-3235-7405（営業）　03-3235-0317（編集）
FAX　03-3235-0342（営業）

印刷所　株式会社光邦
装丁・本文デザイン　ウチカワデザイン
企画編集　安井友紀子

定価はカバーに明記してあります。乱丁・落丁本はおとりかえいたします。本書の一部、あるいは全部を無断で複製複写（コピー、スキャン、デジタル化等）、転載、上演、放送することは法律で特に規定されている場合を除き、著作権者・出版社の権利の侵害となるため、禁止します。本書を代行業者等の第三者に依頼してスキャンやデジタル化することは、たとえ個人や家庭内で利用する場合であっても一切認められておりません。

Printed in Japan
ISBN978-4-7997-6481-7